枡野俊明

# 禅と掃除

## 足るを知る、
## 清《すが》々《すが》しく暮らす

沖幸子



祥伝社

# 禅と掃除——足るを知る、清々《すがすが》しく暮らす

装丁 森田直、積田野麦（FROG KING STUDIO）
本文写真 提供：建功寺（1章）、撮影：半田広徳（2章）、近藤陽介（3章）

# まえがき

私たちはいま、たくさんのものに囲まれて生きています。物質的な豊かさは、便利で快適な暮らしを与えてくれました。ですが、そのことと心の豊かさとは、必ずしもイコールではありません。

たとえば明治の昔には、テレビもなければ、パソコンもないし、携帯電話もありませんでした。では、その時代の人たちは、暮らしに豊かさを感じなかったかというと、けっしてそうではなかったはずです。花鳥風月を友として季節の移ろいを愛《め》でたり、秋の実りを楽しみに農作物を一所懸命に育てたり、五穀豊穣《ごこくほうじょう》を感謝して祭りで神輿《みこし》を担いだり、みなさん四季折々に心の豊かさを感じながら暮らしていたと思うのです。

ものはなくても心はとても豊かだったのではないでしょうか。

ところが、いまを生きる私たちは、ものはあふれるほどあるのにもかかわらず、なぜか心の豊かさが感じられない、そんな人が少なくないように思います。

では、どうすればいいのでしょう。

ほんとうに必要なものだけに囲まれたできるだけ簡素な暮らしをめざすこと。余分なもの、不要なものを思い切って手放し、限りなくシンプルに暮らすことです。

禅は、そのためにまずなすべきは掃除である、と教えています。

それはたんに無駄なものを捨て、部屋をきれいにするだけでなく、あなたの心にたまった塵《ちり》や埃《ほこり》（欲望、執着《しゅうじゃく》、見栄、嫉妬など）を落とし、磨く作業でもあります。ものがあふれ、散らかり放題になった部屋は、あなたの心の乱れ、雑念の反映にほかならないからです。

本書では、掃除の専門家である沖《おき》　幸子《さちこ》先生とともに、禅の考え方を交えながら、簡素に生きるための片づけと掃除の方法（1章、2章）、さらにはシンプルで心豊かな暮らしを実現するためのさまざまな提案やヒントをお伝えします（3章）。

あなたが日々穏やかに素晴らしい人生を歩むための一助になれば幸いです。

合　掌

平成二十八年六月吉日　建功寺《けんこうじ》方丈《ほうじょう》にて

枡野《ますの》俊明《しゅんみょう》

# 禅と掃除――足るを知る、清々《すがすが》しく暮らす　目次



## 第1章
## 掃除とは、自分の心を洗い、磨くこと
――枡野俊明

### 清らかな空間に身を置くと、自然と心も整うようになる

## 暮らしにあふれる余分なもの、不要なものを引き算する

第3章
# 心の大掃除――。持たずに暮らす、清々しくシンプルな生き方のために
――枡野俊明・沖幸子 対談

## 日々の移ろいが感じられるように、暮らしを丁寧に生きる

己の心を磨くように庭を掃く。修行僧のいる禅寺では、掃除を坐禅と同じくらい大切な修行ととらえ、徹底してこれを行ないます

第1章

# 掃除とは、自分の心を洗い、磨くこと

――枡野俊明

# 清らかな空間に身を置くと、自然と心も整うようになる

## 部屋の乱れは心の乱れ

「禅と掃除」にまつわる一番大事なことからお話ししましょう。

あるとき、若い男性の方とお話をする機会がありました。仕事や人間関係などで悩みを抱え、「坐禅でも始めたら、少しは心の迷いも晴れるでしょうか」とおっしゃいます。

私は、アパート暮らしというその若い方にお尋ねしました。

「あなたのお部屋はきれいに片づいていますか」

すると、そんなことが自分の人生の問題といったいなんの関係があるのか、と思ったのでしょう。怪訝《けげん》そうな顔で、こう返されました。

「めったに掃除はしないので散らかっています。でも一人ですから、誰に迷惑をかけるわけでもないし、別にたいして困ることもありません。どうせ寝に帰るだけですし」

それを聞いて、ああ、この方は大変な考え違いをされているな、と思いました。

部屋には、そこに住む人の心の状態がそのまま現われます。日頃から掃除を欠かさず、きれいに片づいた部屋で暮らす人は、心もきちんと整い、自分のやりたいこと、やるべきこともよくわかっています。ですから余計な不安や悩み事などに煩《わずら》わされることも少ない。

**きれいに整えられた空間では、心もすっきりと整えられ、クリアになるのです。**

ところが、衣類や雑誌や生活雑貨などが散らかり放題で足の踏み場もないような部屋に住んでいる人は、やるべきこともよくわからなかったり、集中力を欠いたり、気ばかり焦っていらいらしたり、あれこれ思い悩んで鬱々《うつうつ》とした感情にとらわれたりしがちです。

乱雑な空間では、心も落ち着かず、迷いや妄想《もうぞう》、執着心《しゅうじゃくしん》などが生じやすいからです。それはごみの数だけ、ものが散らかっている分だけ、心が雑念に支配され乱れた状態です。

部屋の乱れは、心の乱れの証《あかし》なのです。

私はその若い方に申し上げました。

「部屋が乱雑なのはあなたの心が乱れているからで、誰にも迷惑をかけていないどころか、あなた自身が雑念にとらわれ大変な迷惑を被《こうむ》っているのです。坐禅を始めるのはとてもよいことですが、その前に部屋をきれいに片づけて、心を整えてみてはどうですか」

この方に限らず、世の中には、部屋がどんなに散らかっていようが、自分は平気だ、かまわない、という人がいます。掃除をしたほうがいいのはわかっているのですが、面倒だからそのままほったらかしにしている、という人も少なくないでしょう。

ひょっとしたら、この本を手に取ってくださったあなた自身がそうかもしれません。

しかし、それはほんとうは、とても怖いことなのです。

部屋が散らかり放題でも平気なのは、汚れた状態がもはや当たり前で、汚れに対する感覚がすっかり麻痺《まひ》してしまっている証拠だからです。それはそのままあなたの心の乱れの深刻さを示しています。そのことにぜひとも気づいていただきたいと思います。

人間というのは、元来がものぐさにできています。ですから、ちょっと油断をするとすぐに楽なほうへ楽なほうへと流されてしまう。面倒なことはしたくないし、なるべく避けて通ろうとします。住まいの掃除などは最たるもので、放っておけば、すぐさま塵《ちり》や埃《ほこり》がたまり、あちこちにものが散らかってしまいます。人は易《やす》きに流れやすいのです。

これに歯止めをかけるには、まず身の回りを整え、自分の生活を律することです。お釈迦《しやか》さまもおっしゃっています。**「心は乱れやすい。だから律する必要がある」**と。

幸い人はきれいに整えられた空間に身を置くと自《みずか》らを律する気持ちが強くなります。それまでなら「面倒だから、ま、いいか」と後回しにしていたような些細《ささい》な汚れであっても気づけばその場ですぐにさっとひと拭《ふ》きできるようになる。心が整ってくるからです。

掃除は、心を整え、律するための大事な大事な最初の一歩なのです。

## 掃除とは、己の心を磨くこと

禅には人が美しく丁寧《ていねい》に生きるための知恵がたくさん用意されています。たとえば、「一掃除《いちそうじ》二信心《にしんじん》」という禅の言葉があります。これは、最初にやるべきは掃除であり、信心は掃除が済んでからのこと。塵や埃をきれいに払い、丁寧に拭き清め、空間をきちんと清浄に整えてこそ、心が整い、信心も生まれる、という意味です。

信心をするには清らかな空間が必要であり、そうした清浄な空間に身を置かないと心も整わない、美しくならない、というのが禅の基本的な考え方なわけです。

このため修行僧のいる禅寺では、掃除を坐禅と同じくらい大切な修行ととらえ、徹底してこれを行ないます。一日三回（朝食前、午前中、昼食後）、本堂や諸堂の隅々まで雑巾《ぞうきん》がけをするほか、風が強く、埃が舞う日などはさらに一、二回拭き掃除をします。また、境内《けいだい》の掃《は》き掃除もお天気を見計らいながら随時行ないます。

これだけ念入りに掃除をしていますから、塵や埃はほとんどつきません。境内も本堂もほんとうにきれいです。それこそ廊下などは鏡のようにピカピカで顔が映るほどです。

それでも修行僧たちは、日々何度も行なう掃除を欠かしません。なぜでしょうか。

**掃除というのは、汚れをとるのが目的ではなく、心を磨くために行なうものだからです。**

このため禅寺の修行僧は、掃除についてこう教えられます。

**「己《おのれ》を磨くつもりで床を磨きなさい」**

人はみな純粋無垢《むく》な心を持って生まれてきます。赤ちゃんの心はまっさらで一点の曇《くも》りもありません。誰もが「仏性《ぶっしょう》」（仏様になれる可能性）を持って生を受けるのです。

ところが成長するにつれて人の心には、さまざまな塵や埃がたまるようになり、だんだん仏性が曇っていきます。欲、怒り、執着、嫉妬、偏見などは最たるもので、これらは放っておけば、垢《あか》のようにこびりついて、心にまといつきかき乱す煩悩《ぼんのう》、雑念となります。

それに振り回され、もがき、苦しむのは、ほかの誰でもない自分自身です。であるからこそ、心に塵や埃がつかないようにいつもきれいに磨いておく必要があるのです。

坐禅が「静の修行」なら、掃除は「動の修行」です。掃除をするときは、ただ掃除をすることだけに集中します。掃くときは掃くことだけに、拭くときは拭くことだけに、目の前にあるいまこの瞬間に没頭する。禅の修行の根本です。そうやって仏性を磨き出す。

汚れを一つ落とす、ごみを一つ片づける。そのたびに、一つ、また一つと、心が軽くなり、気持ちがすっきりします。心の曇りが取れ、整っていくのです。

みなさんがお家で掃除をする場合、最初のうちは「面倒くさい」という思いが勝ちすぎて、なかなか掃除をすることに集中できないかもしれません。

たとえば、掃除のしにくい部屋の隅を「面倒だから」とやらなかったり、やり残した場所があったことに気がついても、「いいや、今度で」とそのままにしてしまったり。散らかり放題の部屋にお住まいなら、心の乱れも大きいですから、なおのことそうでしょう。

そんなときは、自分の弱さを嘆いたり、克服しようと無理して立ち向かうのではなく、むしろいまこの瞬間に意識を集中して、それまで以上に、ただひたすら丁寧に掃除をすることです。雑念を抱えたままでは、掃除はいつまでたっても面倒くさい苦役《くえき》のままです。

大事なことは、ただ無心になって目の前の作業に集中すること。無念無想で体を動かし続けることです。そうすれば、自ずと心は整うようになり、たとえ掃除のやり残しがあったとしても、躊躇《ちゅうちょ》することなく、すぐに片づけることができるようになるはずです。

そうやってきれいに整えた部屋を見るのは、ほんとうに気持ちがいいものです。

その清々《すがすが》しさこそが、自分の心が磨かれた証なのです。

## 心を整えるには、まず所作を整える

禅に「威儀即仏法《いぎそくぶっぽう》　作法是宗旨《さほうこれしゅうし》」という言葉があります。

威儀は、威儀を正すの威儀で、礼儀作法にかなった立ち居振る舞いのこと。つまり日常生活のすべての行ない、起居動作について、作法に則《のっと》った所作、身のこなしをすることが、そのまま仏様の教えであり、また日々の立ち居振る舞いを整えることが、すなわち禅の修行である、という意味です。

禅は「行住坐臥《ぎょうじゅうざが》」といって日常生活のすべてが修行です。

「行」は歩く、「住」は止まる、「坐」は坐る、「臥」は横になるの意で、仏教ではこれを四威儀《しいぎ》といい、このなかに日常生活のすべてが含まれると考えます。朝起きてから床に就くまで、いつどこで何をしていても、所作、立ち居振る舞いの一切が修行というわけです。このため寝るとき、起きるとき、飲食するとき、用を足すとき、風呂に入るときなど、一挙手一投足、すべての起居動作について、それぞれ約束事があり、唱える言葉と手順が決められています。禅の修行とは、日々の所作、立ち居振る舞いをすべて整えることなのです。

第１章　掃除とは、自分の心を洗い、磨くこと
――枡野俊明

そして、**所作を整えることで初めて心も整う**、というのが禅の考え方です。

禅は心の修行ですが、心を整えるにはまず所作を整える必要があり、所作を軽んじるならば、心の修行などできるはずがない、そう教えているのです。

ですから、心を整えようと思ったら、常日頃から所作、立ち居振る舞いをきちんとしないといけません。そうやって身の回りを整え、自分の生活を律することです。すると、自然と心も整い、身だしなみや言葉遣いなども丁寧になります。

逆に所作が乱れてくると、心も乱れ、言葉遣いなども乱れてきます。

たとえば、中学や高校の頃、夏休みが明けて久しぶりに学校へ行ったら、それまでまじめでおとなしかった生徒が、髪を染めたり、制服を着崩したり、言葉遣いが乱暴になっていたりして、ひどく驚いたことはないでしょうか。悪い友だちの影響などで日頃の行ない、立ち居振る舞いが乱れてくると、たちまち心も言葉遣いなども乱れてしまうのです。

部屋が散らかるようになったとか、ソファに寝転んでお菓子を食べるようになったとか、話し方や箸《はし》の上げ下ろしが雑になったとか、一見たいした問題ではないような所作の乱れのなかにも、心の乱れが表われていることを知るべきです。

正しい所作、立ち居振る舞いは、穏やかで充実した人生の土台となるものです。ですから仏教では、**心豊かな人生を生きるには「三業《さんごう》」を整えなさい**、と教えます。

「三業」とは、「身業《しんごう》」「口業《くごう》」「意業《いごう》」のことで、身（体）と口（言葉）と意（心）をよく整えて生活をしなさい、という教えです。身業＝身を整えるとは所作を整えること、口業＝口を整えるとはやさしくて思いやりのある言葉遣いをすること、そして意業＝心を整えるとはとらわれのない柔軟な心（柔軟心《にゅうなんしん》）を持つことを意味します。

心を整えるといっても、いきなりできるものではありません。ですからまずは所作を整え、やさしく丁寧な言葉遣いを心がける。そうやって手順を踏むことで心も整うのです。

一掃除二信心で禅が何より掃除を大事にするのもまさにそのためで、心を整えるにはまず最初に所作を整える必要があるからです。掃除は面倒ですからおろそかになりやすい。自分の我が出やすいのです。であるからこそ、己の心を磨くように庭を掃き、床を磨く。

きれいな空間に身を置けば、自然と所作も整い、言葉遣いなども整ってきます。とらわれのない柔軟な心は、掃除をすることから生まれるのです。

第1章　掃除とは、自分の心を洗い、磨くこと
――枡野俊明

## 靴をきちんと揃《そろ》えるということ

お寺の玄関先で「脚下照顧《きゃっかしょうこ》」（あるいは「照顧脚下《しょうこきゃっか》」「看脚下《かんきゃっか》」）と書かれた木札や張り紙などを見たことはありませんか。

これは「足元をよくご覧なさい。履物《はきもの》が散らかっていませんか。脱いだ履物はきちんと揃《そろ》えるようにしましょう」という意味です。

しかしこの言葉の真意は、実はもっと深いところにあります。

禅では、自分の脱いだ靴が、曲がっていようが、散らかっていようが、気にならないような人は、心が乱れているし、そのままでは心を整えるのが難しい、と考えます。

昔から玄関を見ればその家の様子がわかると言います。実際、履物がきれいに揃えてあるお家は、みなさん心穏《おだ》やかで仲がよいことが多いですし、反対に履物が脱ぎ散らかっているお宅は、どことなく落ち着きがなく、睦《むつ》まじさにも欠ける気がします。

心の乱れは足元に現われるのです。

ところが、靴を揃えられない人は、

「そんな些細なことはどうでもいいじゃないか」

と考えがちです。

しかし、玄関の靴が揃えてあるかどうかは、心のありようを象徴的に示すもので、靴が散らかっていても平気な人は、部屋が散らかっていても、車のなかが散らかっていても気にも留めないでしょう。それだけ心が乱れていることに麻痺しているからです。

家に帰ったら、玄関で脱いだ靴をきちんと揃える、和食のお店などで座敷に上がるときも靴をすっと揃える。ほんの数秒もあれば、誰でもできることです。それをしない、できないというのは、心ここにあらずで、いまやるべきことに心が集中していない証拠。いまここにあるはずの心が、どこかへ飛んでいってしまった状態です。

**靴を揃えるというのは、そんなどこかへ行ってしまった心（つまり乱れた心）を本来あるべきいまここに戻す作業です。**乱れた心をリセットする作業と言ってもいいでしょう。

ですから、どんなに急いでいても、疲れていても、靴が揃っていないと気持ちがよくない、どうにもザラザラする、常にそう思えるようでないといけません。

その気持ちが芽生えたならば、自然と心も整うようになるでしょう。

**履物を揃える、たったそれだけのことに禅はその人の心を見ます。**自分の足元が見えていない人は、自分のことが見えていないし、己の人生の行き先についても不案内です。心が乱れ、曇ったままでは、人生の道行きなど見通せるはずもないからです。

いま、あなたのお家の玄関は、履物がきちんと揃えてあるでしょうか。

わが身を省《かえり》みて思うところがあるならば、脱いだ靴は必ず揃える、というのを習慣にしてください。そうやって乱れた心を、いまあるべきここに引き戻す。

大事なことは、**面倒という気持ちが起きる前に——つまりあなたの心に厭《いと》う間《ま》を与えないように——、脱いだら、さっと揃えてしまうこと。**「脱いだら、揃える」を一連の動作として身体に覚えこませてしまうことです。段取りなど考えなくても身体が勝手に動いてくれる。そういう状態にすることで心は整うのです。

靴を揃えるのが習慣になれば、日々の暮らしがシャキッとしまるようになります。人生を変えたいと思ったら、まずは足元から見直してみることです。

所作を整えれば、心が整い、生き方も美しくなります。

人間というのはそのようにできているのです。

## トイレ掃除で心を洗う

禅寺には、私語が禁じられている大事な場所が三つあります。「浴司《よくす》」「僧堂」「東司《とうす》」の三つで、三黙道場《さんもくどうじょう》と呼びます。浴司はお風呂、僧堂は坐禅を組んだり、食事をしたり、睡眠をとる場所。東司はトイレのことです。

これらの場所は、ふとしたことで気が緩み、つい、おしゃべりをしたくなる場所です。

このように書くと、なかにはこう思う方もいらっしゃるかもしれません。

「え、食事のときも話してはいけないの?」

確かにいまは、食事というのは和《なご》やかに談笑しながらするのが普通のことになってしまいましたが、昔は一般のご家庭でもそのようには考えませんでした。

黙って静かに食べるのが当たり前で、子どもがおしゃべりをしていると、

「黙って食べなさい」

とお父さんやお母さんなどに叱られたものです。

これは一意専心《いちいせんしん》で、食事をするときは食事に集中する、という禅の考え方が広く一

般にも浸透していたからです。それがいつの間にか崩れてしまった。これは一九六〇年代の高度成長以降、テレビが急速に普及し、茶の間に入り込んだ結果ではないでしょうか。

それはともあれ、禅は、日常の一つひとつの行ない、起居動作がすべて修行です。食事をするときも、お風呂に入るときも、トイレで用を足すときも、すべてが修行であり、**目の前のそのことに集中しないといけません。**

おしゃべりをしていたら、心ここにあらずで、修行にならないからです。

であるからこそ禅寺では、修行の邪魔になるおしゃべりを戒《いまし》め、むやみに音を立ててはいけない大切な修行の場である、ということをわざわざ三黙道場として示しているわけです。

それほど大事な三黙道場ですが、なかでも東司、**つまりトイレは、禅の修行の眼目である掃除の場所としても極めて重要な意味を持ちます。**

たとえば、禅寺では修行僧のリーダーである首座《しゅそ》という禅僧が、およそ三カ月もの間、みんなが寝静まった後に弁事《べんじ》という役の僧侶と二人で黙々とトイレを掃除します。毎日深夜、雨が降ろうが雪が降ろうが、素手素足で床から便器から雑巾で汚れを落とし、ひたすら磨き上げるのです。

トイレ掃除というと、とかく下の者がやる雑務のイメージがあるかと思いますが、この真夜中のトイレ掃除は、道を求めることに真摯《しんし》で、他の修行僧から尊敬を集めるような優れた禅僧でないとその役目を務めることができません。それだけ大事な修行なのです。

実際、トイレを清める功徳《くどく》からトイレの入り口に祀《まつ》られた烏枢沙摩明王《うすさまみようおう》（火頭金剛《かとうこんごう》ともいう）のように、東司で悟りを開いたという先達もいらっしゃいます。

掃除を終えたばかりの空間は、ピンと引き締まった清浄な空気に満ちています。大きく息を吸い、自然と背筋を伸ばしたくなるような凜《りん》とした清々しさがあります。トイレであればなおさらそうで、きれいに磨かれた便器や床を見るのは、何にも増して気持ちのよいものです。それは掃除をした分、心が洗われ、輝くようになるからです。

仕事や家庭のある方は、修行僧のように一日何度も掃除をするわけにはいきません。

そこで一つ提案なのですが、せめて朝のトイレ掃除だけでも習慣にしてみてはどうでしょうか。何も念入りにゴシゴシやる必要はありません。毎朝、用を足したついでに、床をさっとひと拭きして、便器に軽くブラシをかける。それだけで十分です。

禅では、良い縁を結ぶことを「縁起《えんぎ》がいい」といいます。そうやって心を整え、さわやかな気持ちで一日をスタートさせれば、今日という日にきっとよい縁が結べるはずです。

## 何かを得るよりも手放すことを考える

自分の生活を変えたい、生き方を改めたい。

人は、そんな思いにかられたとき、しばしばこう考えます。

「私に足りないのは○○（あるいは私にないのは××）。だから、もっと○○すれば（あるいはもっと××があれば）、自分の人生はきっとよくなる、変われる」

○○や××に入るのは、人によってさまざまです。たとえば、学歴であったり、語学力であったり、お金であったり、ダイエットのための健康器具であったり、高価な洋服や装飾品であったり、家賃を払う必要のないマイホームであったりします。

つまり物事がうまくいかないのは、自分に何かが足りないからだ、それさえ手にすることができれば、きっと自分は変われる、幸せになれる、そう考えるわけです。

しかし禅の考え方はそうではありません。

**自分の人生を変えたいならば、足りない何かを手に入れようとするのではなく、自分にとって不要なものを捨てることから始めましょう。**得るよりも手放すことを考えてください。それこそが大事なのですよ、と教えます。

みなさん、ためしにご自分のお家のなかを見まわしてみてください。

**そこにあるのは、ほんとうに必要なものですか。ないと困るものですか。**

もし不要なものがたくさんあるのなら、それはあなたの心がいらないものであふれている証拠。心のなかに欲や執着、見栄、嫉妬などがいっぱい詰まっている証です。それらは心をかき乱し、惑わすもと。不要なもので部屋をあふれさせた元凶です。そのままにしておいたら、部屋はますますものであふれてしまうでしょう。

ですから、お家のなかにある、いらないもの、無駄なもの、使わないものは、みんな処分しないといけません。処分の仕方は、人にあげたり、リサイクルショップに売ったり、ほかの使い道を探すなど、いろいろあります。ほんとうに捨てるのは最後の最後です。

不要なものを処分したら、部屋の隅から隅まで掃除をし、塵や埃や汚れをきれいに片づけます。そうやってお家のなかから、無駄なもの、邪魔なもの、必要のないものを一切合切《いっさいがっさい》放り出して、なくしてしまうのです。

すると、**心にたまった不要なもの、つまり部屋をものであふれさせたそもそもの原因である、欲や執着、見栄、嫉妬といった雑念もまた一緒に捨てることができます。**

不要なものを捨て、部屋を片づけ、掃除をする。そうやって部屋も心も清浄かつ簡素でシンプルなものにする。そのとき人は、雑念から解放され、見失っていた本来の自分を取り戻します。乱れていた心が、きちんと整うようになるからです。

**仏性を磨いて、本来の自分を取り戻すと、人生は自由で軽やかなものになります。**

そしてほんとうに必要なものだけに囲まれて暮らせる心穏やかな日々が始まります。

それは、得るよりも手放すことで手にできる、まことに心豊かな人生です。

人は「本来無一物《ほんらいむいちもつ》」。何も持たずに生を受け、何も持たずに旅立ちます。部屋にあふれかえるほどの大量のものなど、もとより必要であるはずがないのです。

禅寺では修行僧を雲水《うんすい》と呼びますが、その語源は「行雲流水《こううんりゅうすい》」。悠然と浮かび行く雲のように、また絶えることなくさらさらと流れる水のように、何も持たず、何ものにもとらわれず、ただ一筋に道を求めて行脚《あんぎゃ》する――。そんな旅の修行僧の姿に由来します。

得るよりも手放すことで、少しでも雲水の境地に近づきたいものです。

## 「見立て」の心でものの命を使い切る

部屋の片づけをしようと思ったとき、「ああ、面倒だな……」と思ってしまう一番の原因は、多くの人の場合、ものがありすぎることではないでしょうか。

必要なものならまだしも、多くは不要なものばかり。にもかかわらず、いつか使うかもしれないからとか、買ったとき高かったからとか、親しい人からのいただきものだからとか、何かしら理由をつけては、ため込んでしまう。結果、手放せない。処分できない。

そんな方が多いのではないかと思います。

しかし、手放せないさまざまな理由は、ほかの誰でもない、自分自身が作り出したとらわれの心にすぎません。何かしら理由をつけてそのものに執着しているのです。

禅では、そうしたとらわれの心は、捨てなければいけない、と教えます。

では、どうすれば、不要なものを手放せるようになるのでしょうか。

結論から申し上げれば、ルールを決めてしまうことです。

私がよくお話しするのは、**三年を基準にする**というものです。三年間一度も使わなかったもの、三年間一度も袖《そで》を通さなかった洋服などは、おそらくこの先必要になることはもうないでしょう。これは経験的にみなさんにもご納得いただけると思います。

そして三年を基準にして実際に不要なものを手放すときは、

①友人や知人などにあげる
②リサイクルショップなどに引き取ってもらう
③ほかに使い道がないかを考える
④捨てるのは、最後の最後

という四つの方法で考えるようにします。

まだ誰かの役に立ちそうなものであれば、友人や知人などに一声かけてみるといいでしょう。リサイクルショップに引き取ってもらったり、各地のバザーなどに参加するのもいいかもしれません。古着などの場合、自治体などによっては無料で引き取るところもあるようです。問い合わせてみるといいでしょう。

また、ほかに使い道はないか、新たな用途を考えてみるのも大事なことです。禅では、一つの役割を終えたものに別の新たな命を吹き込むことを「見立て」といいます。

たとえば、昔のお寺には必ず石臼《いしうす》がありました。豆を挽《ひ》いて粉にするなど食材の確保に必要だったからです。石臼は三〇年、四〇年と使うと、磨滅したり割れたりして使いものにならなくなります。お寺ではこれを庭の飛び石にしたり、漬物石として使いました。

崩れてしまった五輪塔の一部を手水鉢《ちょうずばち》にしたりもしました。

私が住職を務める横浜市鶴見区《つるみく》の建功寺《けんこうじ》では、毎年大晦日《おおみそか》に「萬燈除夜《まんとうじょや》の鐘《かね》」という催しを行ないます。三〇〇〇本以上のろうそくに灯をともすのですが、ろうそくを入れる器には手入れ（間伐）のために境内の竹林から切り出した竹を利用しています。この間伐した竹の何か良い使い道はないかと考え、ろうそくの器にすることにしたのです。

ものを最後まで大事に使うために二つ目、三つ目の命を与える。昔から日本人は、着物を仕立て直して使うなど、こうした見立ての心をことのほか大事にしてきました。

注ぎ口の欠けた徳利《とっくり》ではお酒を飲む気になりませんが、野の花を一輪させば、立派な花瓶になります。古着もクッションカバーにするなど工夫次第で使い道は広がります。見立てをするのはとても楽しいことで、私たちの人生に新たな喜びを与えてくれます。

見立ての心でものの命を最後まで使い切る。ものを捨てる前に、ぜひそのことを考えていただきたいと思います。どうしてもほかに使い道がないときは、感謝の気持ちを込めて手放す。ものを捨てるのは最後の最後です。

## ほんとうの「もったいない」を知る

「捨てるなんて、もったいない」

ものを手放せない人が、よく口にする言葉です。

しかし「もったいない」と言いながら、あれもこれもため込んで、結局、家のなかを使いもしない不要なものであふれさせているとしたら、そのほうがよっぽど無駄ですし、「もったいない」のではないでしょうか。

なぜなら、**ものは使ってこそ持つ意味があるのであって**、ただしまい込んでおくだけなら、それはたんなるデッドストック（死蔵）にすぎないからです。

これでは限られた収納スペースがもったいないですし、あふれるもののなかから必要なものを探す時間ももったいない。何よりあなたの心がいらないものにとらわれてしまっていることが、とてももったいないと言うべきでしょう。

不要なものを捨て、きれいに部屋を片づけるならば、心もすっきりと整い、気持ちも軽やかに暮らすことができるのですから。

**人は不要なものに囲まれて生活していると、心のなかにも必要のないよくない感情**

や疲れなどがたまっていきます。それを放置しておくと、心はどんどん乱れてしまいます。

ですから、不要なものを捨てるのはもちろんですが、それと同時に、いまあるものを活かして出来るだけ新しいものは買わないようにしたり、買うのであれば、ほんとうに必要なものだけをよく選んで購入し、長く使うようにするなど、**「ものを増やさず、最後まで大事に使い切る」**、真の意味での「もったいない」を考えるべきです。

ものが増える大きな理由の一つは、目先の損得だけを考えて、少しでも安いものをと買ってはみたものの、結局、満足できず、愛着もわかず、似たようなものを次から次へと買ってきては、箪笥《たんす》の肥やしにしてしまうからではないでしょうか。

満足できずにほとんど着ることのなかったシャツ三枚分のお金を出したら、それこそいつまでも大事に着たいお気に入りのシャツが一枚買えたかもしれないのに。

まさに安物買いの銭失いで、これほどもったいないことはありません。

禅は、衣食住すべてにおいて、可能な限り無駄を排した簡素でシンプルな生活スタイルを求めます。そういう暮らしのなかにあってこそ心の安寧《あんねい》が得られると考えるからです。

しかし禅の言う簡素とは、けっして粗末なもので我慢することを意味しているわけではありません。用が足りればよいというものについては、安価なものですませますが、質の高いものでないと必要とする機能が満たせないようなものについては、たとえ高価であっても買い揃え、その代わり長く大切に使うべきというのが、基本的な考え方です。

お金は使うところには使う。要はメリハリの問題なのです。

禅の言葉に「**放下《ほうげ》庵中《あんちゅう》放下《ほうげ》人《にん》**」というのがあります。放下とは、捨てること。山のなかの庵《いおり》に俗世のこだわりを捨て、自由になった人が住んでいる、そういう意味です。

もったいなくて捨てられないものがたくさんあるなら、**とりあえず一つでいいですから手放してみてはどうでしょう。**一つ手放すことができれば、もったいないと思っていたが、実はそれほど大事なものでもなかったのかな、と思えるようになります。**執着を捨てれば、心がすっと軽くなるはずです。**「もったいない」の呪縛《じゅばく》から解放され、自由な人となる、それが最初の一歩です。思い切って、踏み出してみてください。

## あるべきところに、あるべきように

春は花　夏ほととぎす　秋は月
冬雪さえて　冷《すず》しかりけり

道元《どうげん》禅師の詠《よ》まれた有名な一首です。半世紀ほど前、作家の川端康成《かわばたやすなり》がノーベル文学賞の受賞記念講演「美しい日本と私」をこの歌で始めたことでも知られます。

春夏秋冬、自然というのは、過不足なく、ただあらわれている。あるべきものが、あるべきところに、あるべきようにある。どれも姿は違うのですが、凛として清々しい。

道元禅師は、そんな自然の姿に仏性を見たのでした。

さて、所作を整え、簡素でシンプルな暮らしをするには、「**使ったものは、その都度、あった場所に戻す**」という当たり前のことがとても大事になります。あるべきものが、あるべきところに、あるべきようにないと、たちまち住まいは散らかり始めるからです。

禅寺の修行僧は、食器や着替え、洗面用具など指定された必要最小限のものしか持ちません。それ以外の私物については、修行に入るときに寺へ預けるのが決まりです。

修行僧に与えられるスペースは一畳ほど。そこで寝起きをし、食事もします。生活に必要なものの多くは共用で、みんなで一緒に使います。

このため雑巾でもなんでも置く場所が決まっており、使ったら必ず元の場所に戻すことになっています。誰かが占有したり、使いっぱなしで戻しておかないと、ほかの人が使えなくなりますから、「使ったらその都度戻す」は徹底しています。

ですから、もの探しに手間取ることもありません。すぐに手に取れます。

思えば、人生において、

「あれ、どこに置いたのだろう……」

と、もの探しに奔走《ほんそう》する時間ほど無駄なこともないでしょう。

もったいないの極みというべきです。

ものがどこにあるのかわからないほど部屋が乱雑になるのは、繰り返しになりますが、あるべきものが、あるべきところに、あるべきようにないからです。

これを改めるには、一つひとつ、ものの定位置を決めることです。よく言われていることではありますが、これに代わる妙薬はありません。真理と言ってもよいでしょう。

そして使ったら、すぐに、必ず、元の場所に戻す。これを徹底し、習慣にすることです。ご家族がいるなら、それを約束事にして、みなさんで守るようにしましょう。

これは自宅やオフィスの机まわりなども同じです。

デスクの上はきれいに片づいていますか。

周囲に資料などが無造作に山積みになっていませんか。

机まわりがいつもすっきりと整理整頓されている人は、たいてい頭のなかもクリアで、仕事にも迷いがないものです。逆に乱雑に散らかっている人は、頭のなかも整理されておらず、仕事がスムーズに運ばないことが少なくありません。

**机まわりの乱れは、そのまま心の乱れを表わしているからです。**

ひょっとしたら、机まわりがなかなか片づけられない人は、片づけること＝後片づけ、つまり仕事の後の余計な作業と思っているのではないでしょうか。

仕事はもう終わった、後片づけなんて面倒だ、やりたくない、と。

そうであれば、片づけるのは、たんなる後片づけではなく、明日も気持ちよく朝から仕事にかかれるようにするための準備作業というふうに発想を変えてみてはどうでしょう。

探しものでも毎日の料理でも、掃除や片づけがきちんとしてないと、すぐに見つからないですし、手際よく始めることができません。**掃除や片づけというのは、本来、次の作業を楽にしたり、段取りよくするための下準備なのです。**

ですから、資料であれ、文具であれ、使ったものは、あるべき場所に必ず戻す。

そうすることで、心がリセットされ、頭のなかもクリアになります。

**机まわりが乱雑なのは、玄関の靴が脱ぎ散らかっているのと同じです。**靴を揃えることで乱れた心がリセットできるように、机まわりも仕事が終わった後にきれいに片づけるようにすれば、次の朝、まっさらな気持ちでまた一日の仕事を始めることができます。

あるべきところに、あるべきように、使ったものはその都度戻す。

心を整えるための大事な習慣です。

## 掃除を通して足るを知る

何かを始めて、なかなかうまくいかないと、まるで道具のせいだとばかりに次から次へと買い替える人がいます。しかし多くの場合、これは幻想にすぎません。

たとえば、外国語の勉強なら、さっぱり上達しないからといって、リーディングやリスニングのテキストやツールを別のものに変えたところで、たいてい結果は同じです。上達しないのは道具の問題ではないからです。結局、増えるのは挫折《ざせつ》したツールばかりです。

ひょっとしたら、みなさんのなかにも、そんな悲しい歴史を背負った英語のテキストなどが本棚や押し入れの奥などに眠っているという方がいらっしゃるかもしれません。

実は、同じことが住まいの掃除でも言えます。

よし、徹底的に掃除をしよう、と決意したとき、思い立ったが吉日で、すぐに始めればいいのですが、まずは道具を揃えることからと、近くのスーパーやホームセンターなどに出かけ、ブラシやら雑巾やら洗剤やら、あれこれ買い込んだ挙句《あげく》、二、三度使っただけで、飽きてしまうのか、結局、めったに掃除をしなくなってしまう人が少なくないのです。

こういう人に限って、また、ある日突然、そうだ、掃除をしようと思い立ち、同じようにあれこれ掃除道具を買い込んで、同じ轍《てつ》を踏むのです。これを何度も繰り返す。

結果、何が起きるかというと、水回りの収納庫などに、

「なんでこんなに同じようなものがあるの？」

と呆《あき》れる事態に至るわけです。

これもまたものが増えてしまう要因の一つです。

言うまでもないことですが、掃除というのは道具でするものではありません。心でするものです。ですからこそ、部屋も心も磨くことができるのです。

どれだけよく落ちる洗剤や掃除グッズを買い揃えたところで、本人にやる気がなければ何の役にも立ちませんし、宝の持ち腐れになるだけです。

**掃除道具は、簡単なものが必要最小限あればいいのです。**

たとえば、禅寺の修行僧が掃除に使うのは、基本的に雑巾、ほうき、はたき、バケ

**庭の掃除道具も必要最小限あればいい**

禅寺では、庭掃除の道具もシンプル。竹ぼうき、くまで、み（ちりとり）、たわし、バケツ、雑巾だけがあればいい

ツ、この四つだけです。はたきをかけ、ほうきで掃き、あとはバケツに水を汲《く》んで、ひたすら雑巾がけをする。これだけあれば、十分なのです。

一般のご家庭であれば、これらに加えて、台所の油汚れやお風呂のカビなどを落とすための洗剤と、トイレ用のブラシでもあれば別に問題ないのではないでしょうか。

カビなどのつきやすい水回りの目地《めじ》の掃除などは、使い古しの歯ブラシなどで用が足ります。歯ブラシは、サッシの溝《みぞ》などを掃除するのにも便利です。

それこそ雑巾などは古いタオルや使い古しのTシャツなどで作るのもいいでし

ょう。最後までものの命を使い切る、これも立派な見立ての一つ。手作りの掃除道具で掃除をするのは楽しいものです。いっそう心をこめて掃除に打ち込めるはずです。

「知足《ちそく》」、すなわち足るを知るという言葉があります。十分に足りていることを知り、不足感を持たないこと、いまあるもので満足すること、という意味です。

部屋の片づけを思い立ったら、いますぐほうき一本、雑巾一枚を持って掃除を始めることです。そして無心になって塵や埃を払い、床などを磨き上げてください。床も台所もお風呂もピカピカになるはずです。値の張る洗剤も専用の道具も必要ないのです。

# 掃除がもたらす大きな気づきと、よい縁、そして生きている実感

## 掃除の効用としての「ひらめき」「決断」

「常に苕箒《じょうしゅう》（ほうき）を携えて堂舎の塵を払え」

中国元《げん》代の中峰明本《ちゅうほうみょうほん》禅師は、弟子たちに掃除の大切さを説き続けたと伝わります。

禅寺へ行くと、その清浄さに心が洗われるようだと、みなさん、よくおっしゃいます。それは禅寺で修行を積む者たちが、中峰禅師も説かれた掃除の大切さをよく理解し、忠実に実践し続けている証でもあります。

禅寺で掃除が重視されるのは、悟りへ至る大事な道の一つと考えられているからです。

たとえば、唐《とう》代の香厳智閑《きょうげんちかん》禅師に「香厳撃竹《げきちく》」という有名な逸話があります。

香厳禅師がまだ若い修行時代のこと。師匠の偽山《いさん》禅師から「父母未生以前の本来の面目について述べよ」という公案《こうあん》（課題）を出されました。

これは、かの夏目漱石《なつめそうせき》も円覚寺《えんがくじ》の釈宗演《しゃくそうえん》老師から授けられ熱心に参禅した公案として知られ、その体験は『門《もん》』や『行人《こうじん》』などの作品に生かされています。

字面通りに読めば、両親が生まれる前のお前は何ものであるか答えなさい、となりますが、父母とは、善悪、優劣、貴賤、自他などのように物事を二つに分けることの表象で、そうした二元論的なものの見方から離れて、個々の人が本来備えている真実の自己に気づかせようというのがこの公案の趣旨です。当然、答えは一つではないですし、修行の段階によっても違いますが、香厳禅師は窮《きゅう》してこの公案に答えられませんでした。

それまで学んだことがいかに無益であったかを思い知らされた香厳禅師は、師匠の偽山禅師のもとを離れ、すべての経典を焼き捨ててしまいます。そして昔から尊敬していた南陽《なんよう》慧忠《えちゅう》（慧忠国師）という高僧の墓の近くに庵を結び、自ら墓守となりました。

それから長い歳月が流れたある日のこと。いつものように朝、庭を掃いていると、ほうきに飛ばされた小石がたまたま竹やぶの竹に当たり、カチンと音を立てました。その刹那《せつな》、香厳禅師は父母未生以前の公案を忽然《こつぜん》として悟るのです。

**掃除は、日常のなかにあって無心になれる大変に貴重な時間です。**日頃の悩みや心配事をすべて忘れて、塵を払い、汚れを拭き取ることに集中する。一切の雑念を払い、無念無想で掃除に没頭するとき、人は大きな気づきを得ることがあるのです。

香厳撃竹のエピソードは、私たちにそのことを教えてくれます。

世の中には、こうした掃除の効用ともいうべきものを経験的に体得《たいとく》されて、日々実践されている方もいらっしゃいます。

たとえば、ある経営者の方は、朝、会社に出かける前にトイレと玄関の掃除を日課としているのですが、商品企画のアイデアに詰まったり、大きな経営判断に迷ったときなどはいつもより早起きして、いっそう集中して掃除をするそうです。

すると、問題が整理されて迷いや不安がなくなり、意外といいアイデアが浮かんできたり、間違いのないよい決断をくだせたりすると言います。

**一意専心で無になる時間は、乱れた心をリセットし、整えてくれます。**そのこと

**が、ひらめきや決断を生む、一つのきっかけになっているのだと思います。**

ただし、誤解のないように願いたいのは、初めからひらめきや決断を求めて掃除をするのは本末転倒である、ということです。掃除は、雑念を排して無念無想でやるべきもの。ひらめきや決断は、あくまでその結果としてついてくるものです。

**何かを期待して掃除をする時点で、心ここにあらず。**

欲にとらわれていることを知るべきです。

## 朝の掃除でその日一日によい縁を結ぶ

朝、少しだけ早起きして、五分でいいですから、掃除をしてみませんか。

こう申し上げると、たいていこんな答えが返ってきます。

「朝は一分でも長く寝ていたいのに、掃除をするなんてとても無理」

お気持ちはよくわかりますが、では、それほど貴重な朝の時間を、果たしてみなさんはどれだけ有効に活用されているでしょうか。

実際は、少しでも長く寝ていたいばかりに、食事や身支度も大急ぎですませ、「まずい、遅刻しちゃう！」と慌《あわ》てて家を飛び出す毎日なのではないですか。

「そうそう、だからこそ、掃除なんて無理なの」

そんな声が聞こえてきそうです。

しかし人間、心に余裕がないと、だいたいろくなことになりません。

たとえば、電車に間に合わないからと、駅まで走ったら、転んで足を挫《くじ》いてしまったとか、路地の角で自転車と出合い頭にぶつかって、メガネが壊れてしまったとか、途中で忘れ物に気づいて戻ったら、結局、電車に乗り遅れて会社に遅刻してしまったとか、そんな日に限って朝から会議で「たるんでるぞ」と上司に叱られてしまったりして、「ああ、今日は朝からついてないな、縁起がよくないなあ……」という一日になりがちです。

**余裕のない乱れた心は、新しい一日に悪い縁を結び、物事を悪いほうへ悪いほうへと向かわせます。**縁起の悪さは、気忙《きぜわ》しい朝のドタバタ劇が原因となることが少なくないのです。

これをあらため、「今日は縁起のよい、いい一日だった」と思えるようにするには、**一五分でいいですから、早起きして、心に余裕をもたせることです。**

「その一五分の睡眠が惜《お》しい」という方は、就寝時間を一五分早めて、トータルの睡眠時間はそれまでと同じだけ確保するようにしたらどうでしょう。一五分だけ早寝早起きするのです。これくらいなら、さほど無理なくできるのではないでしょうか。

**一五分早起きしたら、真っ先にやってほしいのが、窓を開け放って、澱《よど》んだ部屋の空気を入れ替えること。**朝の光を浴び、新鮮な空気を胸いっぱいに吸い込むこと。これだけで部屋の空気が清浄になり、身も心もしゃきっとします。

そうしたら、**五分でいいですから、掃除をしましょう。**もちろん、五分では家じゅいるのは無理です。そこで、月曜はトイレ、火曜は玄関、水曜は台所の流し台、木曜はレンジなどと毎朝掃除をする場所を決めて、一週間とか一〇日程度でお家の主だったところが掃除できるようにローテーションを組めばいいのではないかと思います。

掃除をするときは、目の前の作業に集中すること。無心で掃いたり、拭いたりすることです。これだけで心が整い、清々しい気持ちで一日が始められます。

掃除がすんでも、早起きした一五分のうち、まだ一〇分あります。これを食事や身支度などの時間にプラスして、余裕をもって出かける準備をするようにしましょう。いままで四〇分で慌ただしく準備していたのなら、プラス一〇分で五〇分使えます。

食事も身支度もそれまでのように焦る必要はなくなりますし、お茶でも飲みながら、さっと新聞に目を通すくらいの心のゆとりもできるのではないでしょうか。掃除で心が整うと、情報感度も増しますから、仕事に役立ついいヒントだって見つかるかもしれません。その日やるべきことを整理する余裕もできますから、仕事の段取りもよくなるはずです。

**朝をどう過ごすかで、その日一日はまるで違ったものになります。**

第1章　掃除とは、自分の心を洗い、磨くこと
——枡野俊明

少し早起きして、朝の新鮮な空気を味わい、掃除をし、余裕をもって出かける準備をする。そうやって新しい一日によい縁を結び、気持ちよくスタートさせると、すべてがいいほうへいいほうへと回るようになるのです。

## 掃除で体を使えば、自分の命を実感できる

禅寺の修行僧は、日に何度もはたきをかけ、ほうきで掃き、バケツに汲んだ水で雑巾がけをします。無論、素手素足です。真冬でも足袋《たび》は履きませんし、厳寒期の水は手が凍《こお》るほど冷たい。過酷な自然に身をさらし、無心で掃除に励《はげ》む。それこそが修行なのです。

かつては一般のご家庭の掃除も禅寺と全く同じでした。

日本の住まいはほとんどが畳と板の間でしたから、はたきやほうきで塵や埃を外に掃き出し、雑巾がけをするのが普通だったからです。

この伝統的な掃除スタイルに変化をもたらしたのは、一九六〇年代の公営団地ブームだったとされています。団地の間取りには洋室が取り入れられ、絨毯《じゅうたん》やカーペットが敷かれるようになりました。それまでの畳や板の間と違って絨毯などはほうきでは掃除がしにくいし、何よりゴミを外に掃き出すと隣接住戸や階下などから苦情が出るようになった。

こうした住環境の変化を背景に登場したのが電気掃除機でした。「これは便利！」

と人々は歓喜し、たちまち日本中のご家庭に普及しました。

同じ頃、洗濯機も普及します。それまでは洗濯板でした。私も修行時代に使いましたが、洗うのも絞るのも大変な重労働です。掃除と同じで真冬の洗濯は、辛《つら》いことこの上なし。それを当たり前のこととして、どこのご家庭でも日々やっておられたわけです。

掃除機や洗濯機の登場は、そうした大変な家事労働から人々を解放してくれました。

その後の掃除機、洗濯機の進歩は驚くべきものがあります。いまや掃除機は、自分で勝手に床を動き回って隅々まできれいにしてくれるロボット掃除機の時代です。調理にしてもレンジにオーブンが当たり前で、自分で火を熾《おこ》さないと何も始まらなかった時代があったことなど、いまの若い世代は想像すらできないでしょう。

技術の進歩というのは凄《すご》いものだとつくづく思います。ほんとうに便利になりました。

ただし、一から十まで機械に頼りすぎるのは、さて、いかがなものか、と思います。

生きているという実感がどんどん薄れてしまうのではないか、と心配だからです。

たとえば掃除であれば、夏なら汗びっしょりになりながら、冬なら痛いほどの冷たい水に凍《こご》えながら、それこそ心を無にして懸命に手足を動かしてやるからこそ、終わった後の達成感や爽快感はこの上もなく素晴らしく、また心も整うし、磨かれもするのです。

私がみなさんに掃除をお勧めするのは、一つには乱れた心を整え、磨くため、そしてもう一つには体を動かすことで生きていることが実感できるからです。

スイッチをポンと押すだけで、あとはロボット掃除機にお任せでは、汗もかかないし、水の冷たさを感じることもありません。部屋はきれいになっても、生きている実感はもちろん、達成感や爽快感も得られないでしょう。

雑巾がけしたときの、確かにきれいになるという実感や喜びなど感ずるべくもない。

何もしていないのですから、無論、心が磨かれることもありません。

いつの頃からか、あまりにも命を蔑《ないがし》ろにした事件が増えたように思うのですが、これも生きている実感が薄れていることと無縁ではないかもしれません。

**生きている実感があればこそ、自分の命を大切に思えるのであって、それが希薄だと、自分の命だけでなく、他人の命も大切に扱えなくなってしまいます。**

人は元来怠《なま》け者ですから、楽な道があれば、どうしてもそちらを選んでしまいます。たとえば、駅まで徒歩一〇分なら歩けばいいのですが自転車を使ったり、たいして長い階段ではないのにわざわざ大渋滞のエスカレーターの列に並んだり。しかしこうやって機械への依存度の高い生き方をしていると、生きている実感がどんどん希薄になると思うのです。

そこで、**やればできることは、可能な限りでいいですから、機械に頼らず、自力でやってみてはどうでしょう。**たとえば、自分の働くオフィスが五階とすれば、エレベーターならあっという間です。それをあえて階段で上がる。大変です。息が切れるでしょう。

でも、だからこそ命を感じることができるのです。

掃除も同じ。出来るだけ掃除機に頼らず、手足を動かし、汗をかくこと。水の冷たさを感じること。冬場でもお湯ではなく、切れるような水の冷たさを実感してみてください。**心が整うだけでなく、命の輝きも増すはずです。**

## 朝の空気を味わい、四季の移ろいを感じる

私は特別に疲れた状態でない限り、毎朝四時半には床を離れます。そして、澄み切った朝の空気を味わいながら、寺の本堂（現在工事中）、庫裏《くり》、客殿の雨戸を開けて回ります。

日々同じことの繰り返しですが、この世はすべて常ならず、一日として同じ朝はありません。白み始めた空の色、消え残った月や星の輝き、竹林を吹き抜ける風の音、漂う木々の葉や花の香り。同じように見えて微妙に違う。移ろいでゆくのです。

空に満ちた月がまだ残る冬の朝などは、ピシッと張り詰めた寒気のなかに、樹木などが美しい月影を映し出します。幻想的で、実に素晴らしい光景です。

私は毎朝、そうやって自然がくれる贈り物を存分に愉《たの》しむようにしています。

それから本堂の掃除です。今は本堂を再建中で、本堂掃除はお休みしていますが、取り壊すまでは、バケツに水を汲んで雑巾がけです。井戸の水を使うので冬場でも汲んだときは一五度くらいはあるのですが、外気に触れるとだんだん水温は下がり、三〇分もすると、撒《ま》けばたちまち凍ってしまいます。切れるような冷たい水です。

ところが毎日、水を汲み、雑巾がけをしていると、「あ、昨日より水が温《ぬる》んできたな」と、ふと気づくことがあります。季節の変わり目、移ろいを感じる瞬間です。

禅に「冷暖自知《れいだんじち》」という言葉があります。水でも氷でもほんとうに冷たいか熱いかは触れてみないとわかりません。**何事も実際に自分で経験をしてみなければわからない、頭で理解してわかった気になってはいけない、**という教えです。

大寒《だいかん》の頃、切れるように冷たい水で雑巾を絞るときの手の凍える感覚であったり、庭を照らす月影の美しさに思わずはっと息をのむ昂《たかぶ》りなどは、いくら私が文章にしたところで実際にみなさんが経験しないと、ほんとうのところはわからないでしょう。

掃除をすることで得られる、清々しさや心がすっきりと整う感覚もそうです。実際に体を動かし、部屋をきれいにしてみて初めてそれがわかる。

朝起きたら新鮮な空気を部屋にも自分にも取り入れましょう、そうしたら五分でいいので掃除をしましょう――。私がみなさんにそう提案するのも、実際に自分の体を動かして掃除をすることで、**日々移ろう自然を味わい、生きていることを実感し、心を整えることから、その日一日を始めてほしいからです。**

最近は一般のご家庭でもエアコンで室内を空調するのが当たり前になりました。電車やバスや商業施設などは無論、空調が施《ほどこ》されています。こうなると季節を感じにくい。

自宅もオフィスもほとんど駅直結という東京の都心暮らしの方がこんなことを言っていました。「あまり外気に触れないので、暑いのか寒いのか、よくわからない」と。家でも会社でも電車でも一日のほとんどを空調の効いた空間で過ごし、夜のニュースで「今日は各地でこの夏一番の暑さになりました」と聞いて、「へえ、そんなに暑かったんだ」と驚く人もあると聞きます。

**人間は生き物であり、言うまでもなく、自然の一部です。**移ろう季節を感じながら、自然とともにあり、暮らしていくのが、本来の姿です。昔から日本人はそうした生き方をとても大事にしてきました。それがどんどん失われつつあるようで、残念でなりません。

**「逢花打花、逢月打月」**（花に逢えば花を打《た》し、月に逢えば月を打す）という禅語があります。花を見たらその花を愛《め》で、月を見たらその月に感じ入るべし、という意味です。

人には五感が備わっており、自然はいつも目の前にあります。毎朝、駅に向かう道の端にも小さな花は咲いています。空には雲がたなびき、街路樹では鳥がさえずっています。

そこに目をやり、心を重ね、素直に感じ入る。四季の移ろいを感じとる。風が運んでくる沈丁花《じんちょうげ》の香りに自然と春の気配を感じるようになるはずです。

生きていることが実感できる生き方をしたいものです。

## 無心になれる時間と場所を持つ

いつも「忙しい、忙しい」と言って気忙しくしている人がいます。忙しいという字は、心を亡くすと書きます（立心偏《りっしんべん》の「忄」は心の字を立てたもの）。心ここにあらずの乱れた状態ですから、けっしていいことではありません。

中国唐代末期の禅僧、趙州《じょうしゅう》禅師は、弟子との問答でこうおっしゃいました。

**「汝《なんじ》は十二時に使われ、老僧は十二時を使い得たり」**

当時は子丑寅《ねうしとら》で一日を十二分割して数えましたから、ここで言う十二時とはいまで言う二四時間のことです。誰にも等しく与えられた一日の時間について、禅師は弟子に「あなたはいつも時間に追われている。だから心も乱れてしまう。老僧（私）は時間を使い切っているので、そのようなことはない」、そうおっしゃったわけです。

**時間をどう使うかは、どれだけ主体的になれるか、にかかっています。**

たとえば、やるべき仕事が終わらないうちに、来客の予定時間が迫《せま》っているとします。どう考えても終わらない仕事量なら、一度中断して改めて続きをやるべきですし、頑張れば終わりそうなら集中してやってしまう。時間を使い切るとは、そのように主体的に物事を考え、整理し、いまやるべきことに集中して、最後までやり終えてしまうことです。

これがうまくできないと、いったん切り上げるべき仕事を引っ張りすぎて、お客様を待たせてしまったり、集中してやれば終わる仕事をわざわざ後回しにして、自分で残業を増やしたりします。まさに、時間に使われ、追われる人生です。

時間に追われていいことはありません。あれをやらなきゃ、これもやらなければと、いろいろなことに手を出し、結局、どれも中途半端になりがちです。

これを避け、時間を主体的に使うには、**いまやるべきことだけに集中すること**。それはつまり、目の前の作業に心を置く、ということです。

時間を使うのが上手な人は、「忙中閑《ぼうちゅうかん》あり」で、忙しいなかにも閑《ひま》をつくるのが、とてもうまい。どんなに忙しくても心を亡くしません。整っている。ですから、たとえば、お宅にお邪魔したとき玄関を見ると、見事に履物がきちんと揃えてあります。

**時間を上手に使える人は、心が乱れないのです。**

では、忙しさに心を亡くさないようにするには、どうすればいいのでしょうか。

**無心になれる時間と場所を持つことです。**

まず一日五分でいいですから、何もしない、何も考えない、心を空《から》っぽにする時間を持つようにしましょう。そうすることで乱れた心が整い、すっきりします。

心を空っぽにする場所は、昼食後の公園でも、外回りの途中の電車のなかでも、コンビニの駐車場に止めた営業車のなかでも、どこでもかまいません。

最初のうちは心を空っぽにしようとすると、かえっていろいろなことが浮かんできますが、そんなときは無理に打ち消そうとせず、そのまま浮かぶに任せておくことです。

鏡のような水面に小石を投じると波紋が生じます。これを止めようと手を出すと、新たな波紋が次から次へと生まれてしまいます。ですが、最初の波紋をそのままにしておけば、波は広がりますが、遠くへ行くにしたがい小さくなり、やがて消えてしまいます。

**心に浮かぶ雑念も同じ。放っておけば、そのうちどこかへ消えてしまうのです。**

掃除と関連した話で言えば、部屋を片づけ、きれいに掃除をしたら、お家のなかにも無心になれる場所を一カ所つくることをお勧めします。そこはあなたが本来の自分、ありのままの自分に帰り、清らかな気持ちになれる場所です。

**部屋のなかで一番落ち着ける場所に机（あるいは座布団など）を置いて、心を空っぽにするといいでしょう。**雑念を呼び起こさないように、まわりには何も置かないこと。すっきりと整った空間にするのがポイントです。

心を無にするために、そこで「箱庭」をつくってみるのもいいと思います。横五〇センチ、縦三〇センチ、深さ五センチ程度の箱を用意して、自分だけの庭をつくる。たとえば、枯山水のように、砂を敷き詰め、そこにあらかじめ拾ってきた、石や枯れ木などを置いてみる。

お盆の上に土や砂、石、苔《こけ》や草木などを配置して自然の景色をつくり、それを鑑賞する「盆景《ぼんけい》」というのがありますが、あれと同じように考えるとわかりやすいでしょう。

箱庭の景色は、そのときの心のありようで微妙に変わります。同じ石でも置く場所や向きが違ったりする。意欲や迷い、喜怒哀楽など心の表情がそのまま箱庭に現われるのです。

これはとても大事なことで、自分の心と静かに向き合う大切な時間になります。

その上で心を空っぽにしてみる。乱れた心をリセットして、整える。
坐禅のできる方は、静かに坐り、丹田《たんでん》で呼吸を整えましょう。
亡くした心を取り戻すことができるはずです。

埃や汚れはたまる前にさっとひと拭き。掃除機は1回5分だけ。わが家は「ものの引き算」と「汚れの引き算」でいつもすっきり

第2章

# 身の回りをきれいに整え、“心の荷物”を整理整頓する「引き算」のルール

——沖 幸子

# 住まいの汚れを、無理なく、上手に引き算する

## 掃除は好きでなくていいから、上手になること

「へえ、掃除嫌いのあなたがねえ。世の中、何があるかわからないわねえ。全く信じられないこともあるものだわ」

私が掃除会社を始めると決めたとき、母はそう言って驚き、呆《あき》れ、苦笑しました。

きっかけは、縁があってしばらくドイツで生活し、かの地の人々のシンプルで心豊かな暮らしぶりに、直《じか》に触れたことでした。

彼らにとって豊かな暮らしとは、たんに大きな家に住んだり、多くのものや高級品などをたくさん持つことではありません。掃除の行き届いた、快適でシンプルな空間で、自分のライフスタイルや好みに合った、ほんとうに必要なものだけに囲まれ、そ

れらをきちんと手入れをしながら、大事に、長く、ともに暮らすことなのです。

ドイツの人たちのそんな生き方を見て、掃除嫌いであったにもかかわらず、

「いつもきれいに片づいた簡素でシンプルな暮らしって何て素敵なんだろう！」

とすっかり感動してしまったのです。

それからです。きれいな部屋に住みたかったら掃除をするしかない。でも掃除は好きではない。だったら、なるべく手間も労力もかけずにすむ上手な掃除法を考えよう——。そう思い立って、自分なりのなるべく楽な掃除法をあれこれ考えるようになったのは。

そして、とうとう掃除会社まで作ってしまったのですから、世の中、ほんとうに何があるかわかりません。ある意味、母以上にそう思ったのは、ほかでもないこの私なのです。

正直に白状すれば、私はいまでも掃除は好きではありません。

でも、上手にやれたら、それでいいのです。掃除の目的は、部屋をきれいに片づけ、**整えること。掃除そのものを好きになる必要はありません。**

それでも、「掃除はやっぱり大変だから……」と苦手意識を持つ人は多いと思いま

す。実際、どんなアンケートでも、日本人が一番嫌いな家事は掃除と出るほどです。

では、そもそも、その「掃除は大変」という意識はどこから来るのでしょうか。

これはもうはっきりしています。

①ものが多すぎる

②汚れをためてしまう

**この二つが原因です。**

ものが多すぎると、ものを動かしたり、掃除機をかけたり、あちこち拭いたりするのがとにかく大変です。だから、どうしても掃除をするのが億劫《おっくう》になってしまう。

この対策は、**ものを減らし、増やさないこと。**それしかありません。

もう一つの汚れをためてしまう。これも問題です。

汚れは、ものにもよりますが、軽いうちなら、それほど苦労しないでとれます。**さっとひと拭きするだけできれいになる汚れも少なくありません。**

なのに、面倒だからと、これをしない人が多い。すると、その汚れの上にまた別の汚れがついたりして、汚れが複雑化し、どんどん汚れを落とすのが難しくなってしまいます。

ガンコ汚れを落とすには時間も労力もかかり、大変さばかりが記憶に刻まれます。

これを避けるには、汚れはためないこと。これに尽きます。

ですから、掃除嫌いの人は、**「ものを減らし、増やさない」「汚れはためない、すぐに拭く」**、この二つを心がけ、習慣にすることです。

そうすれば、掃除の大変さからは確実に解放されるはずです。

## 汚れを引き算するための三つの心がまえ

「きれいで快適な住まいを維持するにはどうすればいいのでしょうか」

よく、そんな質問をいただきます。

そんなときいつもお話しするのが、

**①汚れる前に拭く**
**②汚れたらすぐに拭く**
**③汚さない工夫をする**

という「汚れを引き算するための三つの心がまえ」です。これは、あるべき掃除の基本的な考え方で、実践すると、**必ず掃除が楽になります。**

汚れには、人の目に映る**「見える汚れ」**と、肉眼では一見してそれとわからない**「見えない汚れ」**があります。見えない汚れは、微小な塵《ちり》や埃《ほこり》、飛沫などが付着したもので、それらが少しずつ重なり、降り積もって、やがて見える汚れになるのです。

見える汚れになると、ゴシゴシ磨かないと落ちなくなるので、時間も労力も大変。ブラシや専用の洗剤などの道具も必要になります。その点、見えない汚れのうちなら、さっとひと拭きしたり、はたいたりするだけで、簡単に汚れを落とすことができます。

汚れる前に拭く、というのは、つまりそういうことです。

次に、汚れたらすぐに拭く。新しい汚れは、落とすのにさほど時間も体力もいりません。でも、汚れをそのままにしておけば、きれいにするのがどんどん大変になります。汚れが汚れを呼んで、気づけば、しつこいガンコ汚れになってしまうからです。

ですから、**汚れたら、そのままにしないで、すぐに拭く。絶対に先延ばししない。**

たとえば、ケトル（やかん）でお湯を沸かしたら、余熱があるうちにケトルをさっとひと拭きする。あるいは、トレイを使ったら、ブラシでささっとこすっておく。使うたびにそうしておけば、ひどく汚れることはないし、きれいな状態が常に保てます。ゴシゴシ磨かないといけなくなるまで汚れをためなければ、掃除は楽なのです。

三つ目。汚さない工夫をする。これは、**窓を開けて風を通すこと。換気を心がけることです。**風の通らないお家は、空気が澱《よど》んで、湿気や埃がたまりやすいし、カビも生えやすくなります。部屋が汚れて不衛生になり、人の健康にも悪影響を及ぼします。ですから、部屋の空気はいつも新鮮にしておくこと。朝起きたら、必ず窓を開け、湿気を追い出し、換気するのを日課にしましょう。真夏や真冬は、冷房、暖房で窓を閉め切りにしがちですが、ときどき窓を開け、部屋の空気を入れ替えましょう。

水回りの換気扇をしっかり回すことも大事なポイントです。

俳句で「すす払い」は冬の季語、「大掃除」は春の季語。たまりにたまった汚れを年に一度まとめて片づけるのは古くからの習わしですが、「三つの心がまえ」を習慣にして、日々実践するなら、わざわざ暮れに大掃除をすることもなくなるはずです。大掃除が必要なほど汚れがたまらなくなるからです。

これは老いを考えたとき、とても重要です。若いときには想像もできませんが、肉体の衰えは、否応《いやおう》なく、誰にも等しくやってきます。そのとき、手軽で効率のいい掃除の習慣を身につけておけば、わずかな時間と労力で部屋をきれいに維持することができます。

「三つの心がまえ」は、老いてもシンプルで快適に暮らすための大切なスキルです。

## 楽々掃除の四つのルール――疲れないシンプルな方法

掃除嫌いだった私が、日々、上手に掃除をするために守っている約束事があります。

①道具や洗剤はシンプルに
②「汚れの引き算」を習慣にする
③同じ動作を「同時に」「長時間」繰り返さない
④掃除の場所と時間を決める

という四つのルールです。順番に説明します。

まず、道具や洗剤をシンプルに。

一〇〇円ショップやテレビの通販などで「あ、これよさそう！」とあれこれ掃除道具を買ったものの、結局使わず、収納庫に入れっぱなし。よくそんな話を聞きますが、掃除の便利グッズに惹《ひ》かれるのは、そういうものに頼りたくなるほど、汚れをためている証拠。

私が使う掃除道具は、タオル、はたき、スポンジ（大小）、掃除機、それに洗剤（中性洗剤、クレンザー）、基本的にこれだけです。

「掃除のプロなのにそれだけですか？」

とよく驚かれますが、汚れをためなければ、これで十分。何の問題もありません。

主役はタオル。乾《から》拭き、水拭き、これ一本で家中きれいにできます。細かい場所の手入れには、身近な木べらや割り箸などをオプションで使いますが、基本はこれだけです。

道具は、次回、すぐに使えるように、使用後は必ず洗って手入れをしておきます。

次に、「汚れの引き算」を習慣にする。

これは、すでにお話しした「汚れを引き算するための三つの心がまえ」（汚れる前に拭く、汚れたらすぐに拭く、汚さない工夫をする）に加え、使ったらすぐに拭く、掃く、手入れをする、整える、片づけるなど、**「使ったときが掃除どき」**を習慣にすること。

つまり、何かしたら、それとセットで、必ず「汚れの引き算」をするわけです。
たとえば、私が日々実践しているのは、

・床に何かこぼしたら、すぐに拭く
・トイレを使ったら、ひとこすりしておく
・洗面台を使ったら、すぐに水滴を拭きとっておく
・バスルームを使ったら、バスタブのなか、床、壁に熱いシャワーをかける
・料理をしたら、余熱があるうちにレンジ台まわりを拭いておく
・お湯を沸かしたら、余熱があるうちにケトル（やかん）をひと拭きしておく
・冷蔵庫を使ったら、なかや取っ手や扉をひと拭きしておく

などで、これらをふだんの生活行動に習慣として組み入れています。

基本はささっとひと拭きする程度。ほんのひと手間で、時間にしても一〇秒とか二〇秒くらいのこと。でも、効果は絶大で、見事に、驚くほど汚れがたまらなくなります。

そうなると、ほんのひと手間は、ますます楽になって、ささっとひと拭きしていたのが、さっとひと拭きですむようになります。

三つ目の、同じ動作を「同時に」「長時間」繰り返さない。

掃除の基本動作は、はたく、掃く、拭く、磨く、の四つ。掃除を効率よく、なるべく楽に行なうには、これらの動作を、同時にしない、長時間繰り返さない、ことです。

掃くなら掃く、拭くなら拭く。一つの動作に集中すること。ただし、五分でとれない汚れは、それ以上、こすり続けたりしても、まずとれません。**ひどいガンコ汚れは、一度に落とそうとしないで、何回かに分けて磨くなどして、汚れを緩めるのがポイントです。**

また、一口に汚れといっても、油汚れと水回りの汚れは、性質が全然違います。たとえば台所は、レンジまわりの油汚れと水回りの水垢《みずあか》などが混在しています。これを一度の掃除で同時に片づけようとすると、かなり労力が必要で疲れ、時間もかかります。

**使ったとき、気づいたときが掃除どき**

写真左：使うたびに水滴を拭きとる習慣をつけるだけで、
洗面台はいつもピカピカ。
写真右：ドアノブに掛けたかわいいドイツのほうき。気づいたときに埃をひと払いできるうえに、部屋のアクセントにもなっています

まさに水と油で、掃除の相性もよくないのです。

最後に四つ目の、掃除の場所と時間を決める。

これは、前項とも関連する話で、掃除をするときは「一カ所のみ、五分以内」を原則にしています。ですから、疲れると掃除が嫌になります。ですから、一度に複数の場所をしない、長時間しない。広くて時間のかかる場所は、今日はここまで、とやる範囲を決めています。

## 「殺人捜査!?」と掃除の共通点は「天井」から

煙と埃は、上にのぼります。

このため部屋の天井というのは、塵や埃のほか、調理で出る煙や飛沫や油、たばこのヤニなど、いろいろな汚れが付着します。

住まいのなかで一番汚れやすい場所が、実は天井なのです。

ですから、掃除は、

「上（天井）から、横（壁）から、下（床）から」

といって、天井からやるのが、いろはのい。大原則なのです。

実はこの掃除のセオリーは、世界共通です。

それに気づいたのは、三〇年ほど前のこと。ふと立ち寄ったニューヨークの書店で、何気なく手に取った本に、こう書いてあったのです。

「掃除は、ポリス・リサーチ・メソッドに従ってやるべし」

ポリス・リサーチ・メソッドとは、警察が事件現場を調べる方法のこと。たとえば、殺人事件が起きて、現場に駆けつけた警官は、まずどこを見るかというと、上を見る。天井を見るのです。それから壁を見て、最後に床を見る。

それは、住まいが汚れやすい順番と同じ。

「なるほど、だから、〝掃除はポリス・リサーチ・メソッドで〟なのか」

と、思わず膝《ひざ》を打つ気分だったのをおぼえています。

先日、古い米国映画を観ていたら、若いボーイの男の子が掃除をするシーンがありました。掃除機をかけるのですが、その順番がまさに「上から、横から、下から」。

掃除機のホースと柄を真っ先にのばしたのが天井でした。

「おおーっ！」と思いました。


天井は埃がたまりやすい場所です。

いくら床をきれいにしても、天井の埃がそのままでは、部屋のなかがどんどん埃っぽくなるばかり。なのに、天井の汚れを気にする人は、驚くほど少ないのが現実です。

ほんとうは真っ先にやらないといけないのに。

天井の掃除をするときは、窓を開けて必ず換気をすること。

その上で、天井、壁、床へとはたきで埃を落とし、最後に掃除機で吸引したり、ほうきで外に掃き出します。ほうきにタオルをかぶせて、天井、壁を掃き掃除すれば、はたきで落ちない埃もかなり取れます。

天井では、照明器具の掃除も忘れずに。

特に笠（シェード）は静電気で埃が吸着しやすいですから、日頃からこまめに埃を払い、一カ月に一度は水拭きするようにしましょう。

## 掃除が楽しくなる小ワザ

掃除は面倒。でも、きれいになるのは嬉しい。

だからこそ、掃除が大変にならないように、なるべく簡単ですむように、日頃から「汚れの引き算」を心がけ、汚れをためないようにするのが何より大事になります。

ここではそこからさらに一歩進めて、これを知っていれば、面倒な掃除もきっと楽しくなる小ワザのいくつかをご紹介したいと思います。

**◎窓ガラスは雨上がりの午前中に新聞紙で磨く**

雨上がりの午前中は湿気で汚れが緩んでいます。濡れたタオルで拭いたあと、新聞紙で円を描くように磨く。インクの油のワックス効果でとてもきれいになります。

**◎床は米のとぎ汁で磨く**

夜、朝食用のお米をといだら、とぎ汁でキッチンの木の床を磨くのが、寝る前の私の日課です。床の汚れは、ほうれん草などの野菜のゆで汁のほか、茶殻でもよく落ちます。

◎絨毯《じゅうたん》やカーペットの汚れは塩で落とす

汚れたところに塩をまいて、一時間ほどおいてから、掃除機で吸い取ります。塩に汚れが吸着し、見えない汚れもかき出してくれます。

◎排水溝の汚れと臭いはジャガイモのゆで汁でとる

ジャガイモをゆでたら、そのゆで汁がまだ温かいうちに、さっと排水溝に流します。汚れがとれて、臭いも消えます。

◎シンクやトイレなどは牛乳で磨く

陶器のトイレや、ホーローのシンクやバスタブは、牛乳で磨くとピカピカに。マイセンのような磁器も牛乳で磨くと「キュッ」と音がするくらいきれいになります。賞味期限の切れた飲み残しの牛乳は、捨てないで、ぜひ有効活用を。

◎アルミ鍋の黒ずみは果物の皮で落とす

私はりんご好きなので、よくりんごの皮を使います。たっぷりの水に、りんごの皮を入れて、煮立てます。リンゴ酸がアルミ鍋の黒ずみを落としてくれます。レモンやみかんなどの皮にも同様の効果があります。

◎蚊取り線香の灰はクレンザー代わりに使う

蚊取り線香の灰は、そのまま捨てるのはもったいない。アルカリ成分が強く、粒子が細かいので、クレンザー代わりに使えます。

**◎飲み残しのビールは冷蔵庫の拭き掃除に**

ビールはタオルにつけて冷蔵庫の取っ手や扉を拭くのにもってこい。アルコール分のおかげで、べとついた手垢もよく落ちるし、除菌効果も期待できます。

**◎グリルの臭い消しにはみかんの皮を使う**

グリルの臭いが気になるときは、みかんの皮を何枚か入れて焼くと消えます。オレンジの皮でも大丈夫。オレンジの皮は油汚れを拭き取るのにも役に立ちます。

ここに紹介した小ワザは、そのほとんどが、ものを最後まで使い切る、着回し、使い回しの発想で、身近にあるものを有効活用するものばかり。ぜひみなさんも、身近なものに目を向けて、自分だけのオリジナルの小ワザを見つけてみて下さい。

きっと掃除が楽しくなるはずです。

# 暮らしにあふれる余分なもの、不要なものを引き算する

**ものに翻弄《ほんろう》されていませんか?**

部屋が片づかなくて大変。
この前片づけたばかりなのに、もう散らかってる。
掃除をするのが面倒で、たまらない……。

もし、そんなお悩みをお持ちでしたら、**ものが多すぎる証拠。**たぶん、こんな症状も現われているはずです。
「床や壁に余白（空き）がない」「必要なものが見つからず、よく探し回る」「開けられない（開けたくない）収納スペースがある」「無駄な買い物が多い（たとえば、すで

にあるものをまた買ってしまう、など）」「しばしばものにぶつかる、蹴《け》つまずく」等々。

こうなると、「今日こそ気合を入れて掃除をするぞ」と思っても、ものを動かし、部屋中、掃除機をかけ、あちこち拭《ふ》いたりすることを考えただけで、「ああ、大変そう……」と心が折れてしまうかもしれません。

ここで、「また今度でいいか」と諦《あきら》めてしまうと、埃だらけの散らかり放題の住まいに対して悪い免疫がついて、それが当たり前の生活スタイルになってしまいます。

ものが多いのに掃除をしなければ、埃もどんどんたまります。空気も澱みます。そんな部屋に住んでいると、何となく気持ちが落ち着かなくなったり、イライラしたりしがちです。埃だらけの部屋が心身の健康に悪影響を及ぼすからです。人は大量のものに囲まれると、住まいの空間を占領されるだけでなく、身も心も囚《とら》われ、翻弄されてしまうのです。

その点、きれいで快適な住まいは、基本的にものが少ない。暮らしにほんとうに必要なものだけが、過不足なく、使いやすい場所に置いてあります。余計なものがないので、とにかく空間がすっきりしています。とても気持ちがよく、心が落ち着きます。

こういう住まいの最大の利点は掃除がしやすいこと。いつでも気軽に簡単にできます。

もし、あなたの住まいがきれいで快適なら、間違いなく、ものが少なく、掃除がしやすい空間のはずです。掃除の前に、「ああ、面倒だなあ」などと思うこともないし、ちょっとした労力で、すっきりした空間が維持できているのではないでしょうか。

でも、言うは易《やす》しで、実際はこれがなかなか難しい。よほど気を締《し》めてかからないと、お家のなかのものは、あれよあれよという間に増えてしまいます。

安さや新しさにつられて余分なものを衝動買いしたり、他人の目を気にして（つまらない見栄を張って）必要のないものまで買ったり、「いつか使うかも」「高かったから」「思い出の品だから」などと考え、なかなかものを捨てない人が多いからです。

家族構成にもよりますが、一世帯当たりが所有するものの数は、一万個とも二万個とも言われるそうです。びっくりします。しかもその大半は、なくても別に困らないものだとか。生きていくのに必要なものは、それほど多くはないのです。

ですから、掃除が面倒になるほどものが多くてお困りであれば、

①要らないものは手放したり処分する
②気に入ったものだけを買い、大切に使う
③余分なものを買わず、ものが増えないようにする

という三つの視点に立って、きれいで快適な住まいをめざすといいと思います。

まずは、あなたのまわりから無駄なもの、不要なものを減らすことから始めましょう。ものが少なくなれば、その分、住まいだけでなく、身も心も軽やかになるはずです。

## ものを減らすことから始めよう

最近、「ミニマリズム（最小主義）」や「ミニマリスト（最小主義者）」という言葉を耳にすることが増えました。

少ないことが贅沢《ぜいたく》。
多くのものは必要ない。
気に入ったものとだけ長く付き合いたい。

ものであふれた暮らしが、豊かで幸福かというと、必ずしもそうではありません。ものを減らし、ほんとうに必要なものだけで暮らす簡素でシンプルな生活がしたい——。

そんな「持たない暮らし」を選択する人たちが増えているのです。
日々、あふれかえるものや情報に曝《さら》され、山ほどものを所有しながら、それでも満たされず、なおものを渇望する暮らしや生き方への疑問や反省があるのだと思いま

第２章　身の回りをきれいに整え、“心の荷物”を整理整頓する「引き算」のルール
――沖　幸子

す。

　一言でいえば、もの疲れ。

　あふれるほどのものに囲まれても心豊かになれない、という気づき。

　実際、自分に必要なものだけを揃《そろ》え、不要と思えるものを持たない暮らしは、ほんとうにシンプルで快適です。心も体も和み、気持ちにゆとりが生まれます。


　では、「持たない暮らし」を実現するにはどうすればいいのでしょう。

　最初の難関は、どうやってものを減らすか、です。

　ものがあふれる原因は、「怠惰な習慣（片づけるのが面倒）」「ものをため込む癖（もったいない、いつか使う）」「将来への不安（いざというときないと困る）」「過去へのこだわり（思い出の品々への執着）」など、人それぞれです。

　ものを減らすには、そんな捨てられない自分自身と向き合う必要があります。

　たとえば、「いつか着られるかもしれないから」と、もう何年も袖《そで》を通していない洋服をクローゼットにしまい込んでいる人って多いですよね。「これ、とても高かったんだ。捨てるなんてできない。もったいない」などと思いながら。

でも、その「いつか」はたぶん来ないと思うのです。

ものは使ってこそ価値があります。ただ持っているだけでは何の意味もありません。

古いものとの決別とは、過去のしがらみや思い出などから解放され、心が自由で軽やかになること。ものをため込むのをやめ、処分できるようにするには、まずそれに気づくことです。そうすれば、「もう必要ない。捨てよう」と思えるようになります。

ただし、人との関係がそうであるように、ものも自分との関係が深いほど、そう簡単には手放せないもの。スパッとものが絶てる人、捨てられる人は、もともと物欲がそれほど強くないか、よほど意志の強固な人ではないかと思います。

私などは、思い入れのあるものを手放そうと思ったら、ゆっくり時間をかけてものと語らい、自分を納得させながら、少しずつ処分するようにしないと、気持ちがふさぎます。

それこそ無理して一度に大量に減らすと、人によっては、心にぽっかり穴があいてしまい、ペットロスならぬ「ものロス症候群」とでもいうようなひどい喪失感を招くこともあるようです。実際、そんな症状に陥った人を知っています。

　ですから、ものを減らす作業、すなわち「ものの引き算」は、一度に全部やる必要はありません。一気に躊躇《ちゅうちょ》なくやれる人はそうすればいいですが、急にまわりからものがなくなるのは不安という人は、無理なく、ゆっくり、少しずつやれば、それで十分です。

## 「もの減らし」のための三つの約束事

使わないものは不要なもの。だから、捨てる、処分する――。

ものを減らすための大原則です。まずはこれをしっかりと胸に刻みましょう。

その上で、ものを処分するルールを決めておくこと。これがとても大事になります。詳しくは次項でお話ししますが、私はそのための大前提として、

①一日一つ、ものを減らす
②ほかの使い道がないか考える
③大切にしているものはあらかじめ行き先を考えておく

という三つの約束事を自《みず》らに課しています。

一日一つ減らすと、一年で三六五個、住まいから不要なものが処分できます。もう何年も身につけたことのない流行遅れの衣類や靴、同じ用途で複数あるもののうち使わないもの、壊れて使えなくなったものなどを意識的に処分するようにしています。

たとえば、愛用の湯呑み茶碗が一つ割れてしまったら、もちろん残念ですが、**「これでまた一つものが減らせる」**というように考えることにしています。

ものを減らすのは、けっしてものを粗末にすることではなく、きれいで快適でシンプルな住まいを手に入れるため。目的はそれです。また持たない暮らしは、生活に必要な最低限のものを、**大切に手入れをしながら使うために、日々、知恵を磨くことでもあります。**

ですから、繕《つくろ》ったり、修理して使えるものはもちろんそうしますし、別の使い道がないか、ほかの用途を考えたりもします。

たとえば、片方だけ穴のあいたフリースの靴下は、穴のあいてないほうだけ残して、穴のあいたほうを処分します。残した穴のあいてないほうは、ミトン（手袋）みたいに手にはめて雑巾《ぞうきん》代わりに利用します。棚や家具などちょっと拭くのにとても便利。重宝します。

大事にしていた小皿の縁が少し欠けたら、食卓にはもう出せませんが、棚の上などに置いて、ちょっとした小物入れ代わりにすることはできるでしょう。

そうやって、ものを大切にし、ものの命を最後まで使い切る。ものが壊れたりしたとき、捨てる前に、別の使い道を考えるのは、とても楽しいし、心が豊かになります。

また、いまはまだ大切に使っているけれど、たとえば先々住み替えなどで手放すかもしれないもの、もらってほしいものなどについては、友人知人などに一声かけて、あらかじめ行き先を決めておくといいと思います。

私の場合であれば、たとえばドイツで買い揃えたマイセンの食器は、思い出深いお気に入りの品ですが、食器棚ごと、もらってもらう相手をすでに決めています。

行き先が決まっているものとの暮らしは、この上なく大切で愛おしいものです。

ただし、ものをあげるときは、相手に喜ばれるかどうか、よく考える必要があります。使い古しのものをもらっても九割方の人は内心迷惑と感じるそうです。ですから、あげるなら、古くても価値のあるものや相手の趣味に合うものなどに限るのが無難。それ以外はリサイクルショップなどで処分するか、それも無理なら思い切って捨てましょう。

そうやってものの引き算を習慣にすれば、これまでの人生で心に降り積もった余分な荷物もきれいに片づけることができるに違いありません。

**愛用のティーポットはグリーンを育てる鉢に**

欠けた紅茶ポットは、ポトスの鉢になりました。
その横には、寒暖計を提げたアヒルも並ぶキッチンの窓辺

なお一日一つのもの減らしを習慣にしても、毎日、二つ、三つとものを買えば、結局、ものの数は増えてしまいます。ものを減らすには、ものを大事に使い、無駄な買い物をしないことも大事なポイント。これについてはまた後でお話しします。

## ものを処分するルールを決めておく

ものが処分できなくて、どんどん増えちゃう……。

そんなふうにお嘆《なげ》きならば、処分のためのルールを決めることです。そうすれば、迷うことなく、ものを手放すことができます。

基本的な考え方としては、たとえば、

①どこからどう見ても明らかなゴミ
②壊れて修理もできず、他の用途への転用もできないもの
③賞味期限や消費期限、使用期限を過ぎたもの
④複数あるものは使うものだけ残す
⑤二年以上使わなかったもの

などをもの減らしの基本ルールとしてみてはどうでしょうか。

収納スペースで場所をとりがちなもので具体的に考えてみましょう。

◎衣類――どれを手放すかではなく、どれを残したいか

ある調査によれば、人は手持ちの衣類の半分程度しか着ていないそうです。ということは、半分は箪笥《たんす》の肥やし。そのまま処分対象です。

着もしない衣類がたまるのは、「いつか着るかもしれないと思っている」「買ったとき高かったので捨てられない」「自分に必要な衣類や似合う洋服がよくわかっていない（満足度の低い買い物が多い）」「古すぎて存在そのものを忘れている」「衣類を衝動買いする癖がある」などが原因になっているケースが多いようです。

衣類を処分するときの私のルールは、どれを手放すかではなく、どれを残したいか。残すものを優先して考えます。そのほうが逆に処分するものが決めやすくなります。

どれを残すかの基準は次の四つ。

①よく着るもの（自分の定番）
②好きで、似合っているもの

③上質でセンスがよくて着心地のよいもの
④思い出が詰まっているもの

逆に、次の五つに該当する衣類は、基本的に処分するようにしています。

①過去二年、一度も着ていない
②サイズが合わなくなった
③流行遅れになった（残すのは二割程度）
④同じ色やスタイルのものがいくつもある（残すのは三割程度）
⑤いまの自分のライフスタイルに合わなくなった

◎紙もの（本、新聞、雑誌、郵便物など）――「読んだら、すぐに処分」を原則に

家が散らかる大きな要因の一つは、本や新聞、雑誌、郵便物などの紙もの。これらを処分する際の私のルールは、ずばり、「読んだら、すぐに処分」、です。

本や新聞、雑誌は、再読することはまずありません。読み終えたときが処分どきで

す。

新聞や雑誌は、読んだら紙袋に入れ、資源ごみで出します。新聞は一週間ごとに、**雑誌は一カ月ごとに出すようにしています。**

本も基本的には同じ。どうしても読み返したいものは別ですが、普通は読み終わったら処分します。本棚のスペースには限りがあります。床に置くようになったらおしまいで、たちまち床が本置き場になってしまいます。友人知人にもらってもらえるものはあげて、それ以外は一カ月ごとに雑誌と一緒に資源ごみで出すようにしています。

古本屋さんに引き取ってもらうのももちろんいい方法です。

私は文庫本を買うことが多く、出張や旅行には必ず数冊は持参します。読み終えたら、ホテルに「よろしかったらお読み下さい」とメモを添えて残したり、友人や知人にあげたりします。**手元にある本は、いま読んでいる文庫本だけ、というのが理想です。**

紙に愛着があるので、私はあまり利用していませんが、電子書籍や新聞雑誌の電子版を利用すれば、紙ものは劇的に減らせます。新聞雑誌の切り抜きなどもスキャナーでデジタル化すれば、ものを増やさずに資料をストックできます。

手紙やダイレクトメール、請求書などの郵便物は、届いたその日のうちに必ず開封し、必要に応じて保存したり、廃棄処分にしたり、支払いなどの処理をいつするか決めるようにしています。「その日のうちに処分や処理」というのが原則です。

このほかの紙ものでは、

・通販カタログは見終えたらすぐに処分
・デパートのチラシは一週間、旅のチラシは三カ月で処分
・年賀状とクリスマスカードは二年で整理

などをルールにしています。ご参考までに。

◎思い出の品々――大切な写真ほどしまわないで飾る
子どもの頃の作文や通信簿、恋人からもらった手紙やプレゼント、旅の記念に集めたパンフレットやチケットの類《たぐい》、小さい頃から撮りためた写真の数々……。

思い出の品ってたくさんありますよね。引き出しやクローゼットや押し入れのなかでけっこう場所をとっているという方も少なくないと思います。

でも、それらを手に取ってよく見るという人は、まずいないでしょう。ほとんどの人がしまいっぱなしで、思い出すこともめったにないのではないでしょうか。

それでも手放さずに持ち続ける意味とは、いったい何でしょう。

ひょっとしたら過去に縛《しば》られているだけということはありませんか。あるいは思い出の品は大事にすべき、捨てるなんてよくないこと、そんなふうに思い込んでいませんか。

思い出はもののなかにあるのではなく、自分の心のなかにあるものです。ものを捨てたとしても、ものにまつわる記憶まで捨てるわけではありません。それでも捨てづらいものは写真にとっておくといいと思います。捨てやすくなります。

写真の類は、あるとき、ダンボール箱一つにまとめ、同じ場面や似たようなポーズのもの、ピンボケなど写りのよくないもの、面白くないものなどを基準にかなり処分しました。

**どうしても残したい写真は、小さなフォトフレーム（写真たて）に入れて、リビン**

グのテーブルに飾っています。ときどき入れ替えできるように、お気に入りの写真を五、六枚用意しています。こうしておけば、いつでも懐《なつ》かしい思い出と向き合うことができます。

いまはスキャナーを使えば、紙焼きの写真を簡単にデジタル化できます。捨てるのは忍びないという人は、デジタル化をお勧めします。

**手紙やはがきは、一カ月ごとに処分**するようにしています。残しておいても、まず見ることはありません。どうしても残したい人は、これもデジタル化しましょう。

## ◎食器——普段使いとお客様用の使い分けをやめる

食器は、普段使いとお客様用の使い分けをやめて、普段でもお客様用の食器を使うようにするといいと思います。それだけで食器の数は半分以上減らせるはずです。私はヨーロッパから帰国したときそうしたのですが、三分の一程度に減らすことができました。

お客様用のちょっと贅沢な食器を普段使いにすれば、丁寧《ていねい》に扱うので気持ちがピンとなりますし、何より食卓が華やぎます。それを日常にする。気持ちが豊かになります。

食器と言えば、よく質問されるのが、収納庫で眠っている「いただきものの食器」の扱い。未使用で、今後も使うつもりがないなら、人にさしあげたり、リサイクルショップで引き取ってもらうなど思い切って処分するのがいいと思います。残しておいても、ものを増やすだけです。

## 気に入ったものだけを買い、大切に使う

ドイツにこんなことわざがあります。

「新しいほうきはよく掃けるが、古いほうが隅々まで知っている」

新しい道具や衣類、バッグなどにすぐに飛びつくのではなく、上質のものを買い、それを何度も手入れをしながら、長く、大切に使い続ける。この言葉には、古いものを好んで大事にするドイツ人のシンプルで快適な暮らしへの思いが込められています。

これは昔ながらの日本人の生き方にも通じる簡素で心豊かな暮らしの基本です。ものは、自分の生活スタイルを表現する大事なツール。何より優先すべきは自分の生き方、スタイルに合うかどうか、です。

その点、ドイツの人たちは、ほんとうに気に入ったもの、自分のスタイルに合ったものを、必要な数だけ買い揃え、それを大切に使うことに徹しています。

割れた食器を復元してくれるお店が各地にあるなど、ものを長く、大切に使える文化的土壌もしっかりしています。

ですから、むやみにものを買い集めたりはしません。ものは、必要以上にあっても、場所をとったり、手入れが大変になるだけ。好みに合ったものが必要な数だけあればいい。そう考えるわけです。

このため、ものがどんどん増えて、部屋が散らかることが少ない。

**気に入ったものだけを買い、大切に使うのは、もの減らしの大鉄則なのです。**

私にとって、いいものとは、自分の生活スタイルに響き合う、使い勝手のよいもの。

貯金をはたいて買ったソファから、一つひとつ年月をかけてドイツで買い揃えたマイセンの食器まで、日々の暮らしを彩《いろど》るのは、それこそお皿一枚、汁椀一つまで、すべて自分のスタイルに合った、お気に入りのものばかり。

いまやそれらは、ともに齢《よわい》を重ねてきた、かけがえのない友人のようなもの。何十年も前に海外の露店で一目ぼれして買った安物の置物も、いまでは立派なアンティークです。

気に入って買ったものは、大事に、慈《いつく》しんで、丁寧に扱います。いつも手入れを怠《おこた》らないなど、けっして粗末な扱いはしないものです。壊れたら修理に出して使い続けるし、それがかなわないなら、何かほかの使い道を考えます。

大事に使っているお気に入りのものは、そう簡単には手放せないのです。

これはとても大事なことで、そうやってお気に入りのものに囲まれて、大事に、丁寧に扱うのが習慣になると、日々の生活も自然と丁寧なものになります。

ものを丁寧に扱うことで、丁寧な暮らし方も身につくのです。

ものがあふれた生活では、それはちょっと難しい。「これがダメならあれでいいか」となりがちで、一つのものをいつまでも大事に使うという発想が出てこないからです。

それで結局、次から次へとものを買い、どんどんものが増えてしまう。

その悪循環を断ち切るには、**自分の生活スタイルに響き合う、心から気に入ったものだけを買うようにして、それを長く大事に使うことです。**

もの減らしの、それこそが一番の王道です。

## 使い回し、着回しの心

あるときジーンズを穿《は》こうとして、膝《ひざ》のところが薄くなり、破れそうなのに気づきました。一〇年以上穿き続けたお気に入りのジーンズです。捨てるのは忍びない。

さて、どうしたものかと眺《なが》めていたら、ふと子どもの頃、破れたズボンの膝を母が当て布をして繕ってくれたのを思い出しました。

これだと思い、早速、かけつぎ（かけはぎ）専門のお店に出したところ、ビンテージふうの味わいで見事に復活。ものは大事にするものだと、あらためて思いました。

一九六〇年代の初め頃まで、日本ではまだ多くの人が、晴れ着だけでなく生活着としても着物を着ていました。このため着物を長く大事に着るための「洗い張り」が、一般の家庭でも普通のこととして行なわれていました。

洗い張りというのは、着物のクリーニングで、着物をいったんほどいて、一枚の布にしてから水洗いをし、張り板の上に貼り付けます。そして刷毛《はけ》で糊《のり》付けして、シワを伸ばしながら乾かすのです。

着物は新品なら高価ですが、これで息を吹き返し、元のハリと光沢、色の鮮やかさを取り戻します。色の褪《あ》せたものは染め直して、あらためて命を吹き込みました。傷《いた》んだ布も、捨てることなく、最後まで大事に使いました。

たとえば、

・子どもの下着や着物にする
・きれいな部分だけをつなぎ合わせて使う
・布団にする
・座布団にする

などはもっとも広く行なわれた再利用の方法で、最後は布を裂《さ》いてはたきにしました。そうやって使い回し、着回して、最後の最後まで一枚の着物を使い切ったのです。

安くて手軽に流行が追えるファストファッションが世界的に人気ですが、ちょっと古くなったり、飽きたりしたら、すぐに捨てて、新しいものに買い替える消費スタイルは、昔ながらの洗い張りの世界とは対極のものと言えるでしょう。

暮らしのなかの一部であればいいと思いますが、それがすべてとなると、気に入ったものを大事に使う、簡素で丁寧な暮らしは、なかなか望めないような気がします。

気に入ったものは、いつまでも大事に使いたくなります。自分にとって、それしかないオンリーワンのものなら、なおさらそうです。簡単に手放せるはずもないし、**壊れたら修理に出す。**それこそ費用はいくらかかってもいいから、生き返らせたいと思うでしょう。

あるいは、何かほかの使い道はないか、あれこれ考えたりもするはずです。それしかない大事なものだからこそ、**使い回しのアイデアもわいてくるのです。**大量生産品でいくらでも替えが利《き》くなら、そこまでものを大事にしようとは思いません。

**あれもこれもより、気に入った少ないものを心ゆくまで何度も使い込む。**

そんな上質で丁寧な暮らしができたら、素敵だと思いませんか。

## ものを増やさないための暮らしのルール――一つ買ったら、一つ処分

ものを減らし、増やさないために、必ずおぼえてほしいことがあります。それは、「定位置、定番、定量」という考え方です。

定位置は、ものの住所を決め、使ったらそこに必ず戻すようにすること。これを徹底すれば、ものが見つからなくなり、同じものを二つ、三つと買う無駄もなくなります。

定番は、自分のライフスタイルに合う好みやこだわりを持つこと。これがあると「話題の新製品」とか「バーゲンでお買い得」などといった惹句《じゃっく》にひかれて衝動買いすることが減ります。定番の感覚が歯止めになるからです。

無駄な買い物をしなければ、ものは増えません。

定量は、ものの総量を住まいのスペースと自分の管理能力の範囲に収めること。収納スペースを超えれば、住まいは必ず散らかりますし、収納スペースの範囲内であっても、管理能力を超えているなら、やはりきれいな住まいを維持するのは難しいでしょう。どんな広い豪邸でも片づかないお宅は片づきません。

私は自分の管理能力も考え、収納スペースの六割から七割を「定量」にしています。三割から四割は常に空きスペースです。

この「定位置、定番、定量」の考え方をベースに、無駄なもの、余分なものを買わないようにするための「買い物のルール」を決めておくといいと思います。

たとえば、私の場合であれば、

①一つ買ったら、一つ処分
②なかの見えるものは、半分以上使い切ったら一個補充
③ラップ類などなかの見えないものは、「ワンストック、ワンユース」
④生鮮食料品は、その日食べる分だけ買う
⑤安いという理由では買わない
⑥無料の景品やサンプルには手を出さない

などのルールを設けて、これを守るようにしています。

①の「一つ買ったら、一つ処分」は、衣食住すべてに共通する大原則。これさえ守

っていれば、ものの数はいつも一定です。ものが増えることはありません。

たとえば、靴。ほしい靴を見つけたら、必ず一つ処分する靴を決めてから買います。衣類もそう。一つ買ったら、一つ処分する。自分にこういうルールを課すと、衝動買いの防止にもなります。「どれを捨てようか」と一度考えるので、意外と自分の「ほしい!」を客観視できて、「これ、確かにいいけど、ほんとうに必要だろうか」「いまでなくてもいいかも」などと冷静に考えるようになるからです。
②の「なかの見えるもの」というのは、お酢とかお醤油《しょうゆ》のように中身が見えるもの。**これは半分以上使い切ったら一個補充するくらいがちょうどいいでしょう。**特売で安いからとまとめ買いしても場所をとるだけです。
③の「なかの見えないもの」は、ラップとかアルミ箔《はく》のように中身が見えないもの。これは「使っている最中に、切れてなくなっちゃった」ということがないように、「ワンストック、ワンユース」で、いつも**予備を一つ買い置く**ようにしています。
④⑤⑥については、特に説明の必要はないでしょう。こうして必要なものを必要な数だけ買うようにすれば、家がものであふれるようなことはなくなります。身の丈に合ったものの数は、管理しやすく、ものも長持ちします。

## たったこれだけ。きれいを維持する大原則

部屋をきれいに保つためには、

**「決まった場所（定位置）に、決まった種類（定番）のものを、決まった数（定量）だけ置くように定め、使ったものは必ず元の場所に戻すこと」**

たとえば、「ボールペンは、常に二本、リビングの小物入れの引き出しにあるようにして、使ったら必ず戻す。インクが切れたら、一本買い足す」――。

こう決めるのです。そして厳守する。

そうすれば、必要なとき見つからず、あちこち探し回ることもないし、探すのが面倒だからと、似たようなボールペンを次々買ってしまう無駄も防げます。

ものを増やさず、住まいをきれいに守る、これが大原則です。衣類でも家具でも食器でも何でも基本的には一緒。これさえ守れば、ものは増えないし、部屋が散らかることもありません。

では、この大原則を習慣として身につけるには、どうすればいいのでしょうか。

誰でもできる簡単な方法を二つご紹介します。

まず一つは、「玄関に鍵置き場を作る」。

我が家では、玄関に小さなテーブルがあるのですが、そこにお皿を一枚置いて家族共用の鍵置き場にしています。家の鍵や車の鍵などを全部そこに置く。家族はそれぞれ、出かけるときはそこからとって、帰って来たらまたそこへ戻すわけです。

そうやって玄関で「定位置、定番、定量」を実践し、普段の行動パターンのなかに、「使ったら必ず元に戻す」という部屋をきれいに保つための最も重要な作業を組み入れ、習慣化し、必要なものは常にそこにある、という整理整頓された状況をつくるのです。

これを家族みんなで徹し、習慣にする。

そうすれば、出かける間際になって、

「あれ、鍵がない!」

などと大騒ぎすることもなくなります。

あるいは、お皿を見ただけで、

「へえ、もう帰ってるんだ。今日は早いわね」

「あら、まだ誰も帰ってないの」

などと家族の動向もすぐにわかります。家族のつながりも深くなります。

ちなみにお皿は、長く愛用していたのですが、少し縁が欠けてしまい、使わなくなったものを再利用しています。使い回しです。

捨てるのではなく、そうやってものに新たな命を吹き込むのも、心を豊かにしてくれる、簡素でシンプルな暮らしの素敵なところです。


二つ目は、**「子どもの遊び場所を決める」**。

お母さま方からよくこんな質問を受けます。

「子どものおもちゃで部屋がぐちゃぐちゃ。何かいい方法はないでしょうか」

子どもは、おもちゃを持って、そこらじゅうで遊びます。そして遊び飽《あ》きたら、そこらにポイと投げ捨ててほったらかし。リビング、ダイニング、子ども部屋など家中にあるおもちゃを全部集めたら、あまりの数の多さに愕然《がくぜん》とするはずです。

この対策としてお勧めしているのは、子どもの遊び場所を決めること。

具体的には、**古くなったシーツやバスタオルを床に広げて、そこで子どもに遊ばせ**

**るようにします。**「あなた（たち）がおもちゃで遊ぶ場所はここですよ。ここだけですよ」と視覚的に遊べる空間を演出し、自覚させるわけです。

そして遊び終わったら、風呂敷でものを包む要領で、シーツの上のおもちゃをざっくりまとめてキュッと縛ってしまえばいいのです。そして、定位置と決めたおもちゃの置き場所に戻す。子どもが遊ぶときは、またそのシーツを広げる。

この方法を応用すると、子どもの落書き対策もできます。

たとえば、ドイツでは、家のなかの壁に模造紙がよく貼ってあります。だいたい子どもの背の高さで壁一面に。そして、「そこなら、いくらでも好きなものを書いていいよ」と言って子どもの創造性や好奇心を刺激し、促《うなが》すのです。子どもは喜んで書きます。模造紙に書くところがなくなったら、また新しいものに貼りかえます。

そうやって身につけるべき規律と伸ばすべき創造性を両立させているわけです。

おもちゃを散らかして困る。壁に落書きするので嫌になる。お母さま方の気持ちはよくわかります。でも、大人がひと工夫して、そういう環境を用意してあげれば、おもちゃは散らからなくなるし、落書きも上手に解決できるのです。

## ものではなく心の充足を

物欲というのは、心の状態と密接に関係しています。心が充足しているときは、あまりものを買いません。でも、心が不安定になったり、寂しくなったりすると、いらないものや余分なものを衝動買いしがちです。

東京都心の駅ビルに入っているショッピングセンターなどは夜の一〇時まで営業しています。あるとき夕方の六時から一〇時まで、どんなお客様が来店するのか調査したことがあるのですが、ほとんどが仕事帰りの女性でした。お店の方に聞くと、まさにその四時間がかき入れどきで勝負なのだとか。理由は、「衝動買いしてくれる女性が多いから」。

心にぽっかりあいた穴をもので埋《う》めようとする女性が少なくないのでしょう。でも、もので心の隙間《すきま》は埋まりません。真実はまったく逆で、身の回りからものを引き算して、簡素でシンプルな生活を整えてこそ、心穏やかな暮らしも得られるのです。

もちろん、ものを買うのが悪いと言っているわけではありません。

簡素でシンプルな暮らしは、ケチとは違います。自分の生き方、ライフスタイルに合わせて、ほんとうに必要なものには惜しみなくお金を使えばいいし、その代わり、無駄なものには一切使わない。しっかり締めて倹約する。大事なのはメリハリです。

とはいえ、私たち凡人は、一度、「ほしい！」とものへの欲望が燃え上がると、先の会社帰りの女性たちと同じように、しばしばその衝動に負けてしまいます。

ものを減らし、増やさないようにするには、この衝動に打ち克《か》つ必要があります。

そこでお勧めしたいのは、

①買い物にはクッキーなどを食べてから行く
②ほしい気持ちは必ず一晩寝かせる

という二つの対策です。

人は、お腹《なか》がすいているときに買い物に行くと、必要のないものまで買ってしまいがちです。空腹は人をどん欲にします。特にスーパーの食料品売り場はそう。家に帰ってから、「何でこんなもの買っちゃったんだろう」と思うことがしばしばです。

これを防ぐには、出かける前にビスケットでもお煎餅《せんべい》でもキャンディでも何でもいいですから、とにかく口に入れてから行くこと。それだけで、手に取って買い物カゴに入れる量は、空腹時に比べて三分の一くらい減るはずです。

ほしい気持ちを一晩寝かせるのも大事。そうすることで、「ほんとうに必要だろうか」といま一度冷静に考えることができます。燃え上がった物欲の炎は、通常、かなりの程度小さくなり、そのまま買わないことが少なくありません。

それでも気持ちが収まらないときは、「どうしてもいま必要なのか」「いつ、どのように使うのか」など買ったあとのことを具体的に自分に問いかけてみましょう。

すると案外、「別に買わなくてもいいか」となるものです。

一晩寝かせて、「やっぱり買おう」と思ってお店に行ったら、もう売り切れだったということもありますが、その場合は「縁がなかった」と思えばいいのです。

値段の張るものであれば、即断即決は厳禁。一週間、一カ月、あるいはもっと時間をかけて、その恋の熱がほんものかどうか確かめましょう。

**一目ぼれで買えるのは、一〇〇〇円まで。**

それが私の「ものに恋した」ときのルールです。

横浜市鶴見区「建功寺」にて対談

第3章

# 心の大掃除——。持たずに暮らす、清々《すがすが》しくシンプルな生き方のために

——枡野俊明・沖 幸子 対談

# 執着から抜け出し、心の豊かさを取り戻す

## 「あれもほしい、これもほしい」という煩悩《ぼんのう》

**沖**　先生、お久しぶりです。

**枡野**　かれこれ一年ぶりでしょうか。内閣府の「『暮らしの質』向上検討会」のメンバーでご一緒させていただいて以来ですね。

**沖**　検討会では、すべての女性が輝きながら、暮らしの質を高めていくには、どのように環境を整えていけばいいか、いろいろなご専門の方々とお話ができて、大変勉強になりました。

**枡野**　そうですね。私もとても有意義な時間を過ごすことができました。

**沖**　さて今日は、「禅と掃除」をテーマにお話しするわけですが、暮らしの質

を高めるという意味では、検討会の話とも近いと言いますか、重なる部分はありますね。

**枡野**　おっしゃる通りです。私たちはいま、あまりにも多くのものに囲まれて生きています。ところが一方で、心の豊かさを実感できずにいる。

暮らしの質を高めるには、あふれるものを減らし、もっと簡素でシンプルな生活をめざすべきだと思います。それには、たんにものを処分するだけでなく、**ものの離れするための心の大掃除も必要です。**

**沖**　ものを減らす、ものと決別するというのは、それまでため込んでしまった**自分、捨てられずにきた自分、ものがほしくて仕方がない自分と向き合うこと。**それはある意味、自分との戦いですよね。まさに心の大掃除だと思います。

それにしても、なぜ私たち凡人は「あれもほしい、これもほしい」と煩悩《ぼんのう》を膨《ふく》らませ、次から次へとものを買っては、家にため込むのでしょうか。

**枡野**　これはやはり、ものが豊かであるのに加えて、インターネットに象徴されるように私たちが高度に情報化された社会に生きていることが、大きいのではないでしょうか。

**沖**　ネットを見れば、何でも売っていますし、ほしいと思えば、パソコンやスマートフォンを使うことで、国内はもちろん、海外の商品でも簡単に買うことができます。

**枡野**　三〇年、四〇年前に比べたら、けた違いにものに触れる機会も、購入する手段も増えました。家に居ながらにして何でも買えるわけです。こちらが意識しなくても、ものが目に留まるし、入ってくる。「あ、これいいな、ほしいな」と欲望を刺激する。それで、「えーい、買っちゃえ」となる。そういう連鎖が働いてると思うんですね。

**沖**　たとえば女性が、「私はスリムになりたい、シェイプアップしたい」と思ってネットで検索すると、食品、サプリメント、エクササイズの器具、美容グッズなど物凄い数の関連商品が出てきます。それも「たちまち〇キロ減量！」式の、「えーっ、嘘でしょ!?」と思わず突っ込みたくなるような驚くべき効果をうたうものが少なくありません。なのについ買ってしまう。楽して痩《や》せたい心の弱さを、売る側はよくわかっているんです。

**枡野**　昔は「痩せたかったら運動しなさい」で、それしかないわけですから、みなさん頑張って毎朝散歩したり走ったりしたんですね。それを愚直に続けることができた人は、ちゃんと痩せられたわけです。

ところがいまは、もっと楽してダイエットできそうな商品が山ほどある。そのための情報が洪水のように押し寄せてくる。ですから、少しやって効果がないと、これならいいのではないかと、すぐにまた別の商品に手を出してしまう。

ほんとうにダイエットしたいなら、そうやってわざわざ市販のものに頼るのではなく、なぜ太るのか考え、原因を排除していけば、自ずとスリムになれるはずなんです。食生活や運動不足など、原因の多くは自分自身にあるわけですから。なのに、ものに頼る。

ダイエットに限らず、あふれる情報に流されるままに「あれもほしい、これもほしい」と次から次へと買い込んで、気づけば、住まいがものに埋《う》もれている。押し寄せる情報の前で右往左往しているのが、いまの私たちの姿ではないでしょうか。

沖　しかも、それで豊かさを感じられているかと言うと、そうではないんですね。心が満たされるのはほんの一瞬のことで、ほしいものを手に入れると、すぐにまた別のものがほしくなる。心の隙間《すきま》を買っては埋め、買っては埋める。きりがありません。

枡野　それがまさに禅で言うところの「執着《しゅうじゃく》」ですね。執着心で次から次へと欲望が広がっていってしまうわけです。すると、「あ、これいいな」と思い、買ったら、全く同じものがすでに家にあったとか、似たようなものがいくつもあった、などという笑えない話も起きてくる。己《おのれ》の欲望をコントロールできなくなってしまうのです。

何かを手に入れたら、すぐに別の何かをほしくなるというのは、いまを生きる私たちの一つの特徴ではないかと思います。

## ないと困るもの以外は、なくても別に困らない

沖　物欲をコントロールし、心の豊かさを取り戻すにはどうすればいいのでし

ょうか。

**枡野**　まず大事なことを一つ言うなら、洪水のように押し寄せる情報に飲み込まれないことでしょうね。それには、ものを三つに分けて考えるといいと思います。**①ないと生活に困るもの＝絶対に必要なもの、②あったらいいなというもの＝なくても困らないもの、③いつか手に入れたいもの＝全く必要ないもの**、という三つです。

つまり、必要の度合いに応じて優先順位を考えるわけです。すると、ないと困るもの以外は、なくても別に困らないんですね。なのに実際は、なくても別に困らないものが、私たちの身の回りには山ほどあふれているし、いつか手に入れたいもののために、日々、欲望を膨《ふく》らませ、心をかき乱されているのです。

ほんとうに必要なのは、ないと生活に困るものだけです。これは絶対に必要なものですから迷わず買えばいいのです。それもなるべくいいものを買ったほうがいい。そのほうが愛着がわいて、丁寧に扱いますし、壊れても直して使うなど、長く、大事にするからです。

沖　ほんとにそうですね。いいものは大切にします。愛おしいですから。

枡野　そうなんです。ところが、使えればいいからと安いものですませると、愛着もわかず、「壊れたら、また安いのを買えばいいや」となりがちです。使い捨てですね。これではものを大事にする発想は出てきません。ものがどんどん増える一因だと思います。

## 他人と比べる生き方をやめる

沖　物欲のコントロールでは、他人と比べて見栄を張るのをやめる、というのも大事だと思います。たとえば、テレビが普及し始めた一九五〇年代の後半は、テレビよりアンテナのほうが売れ行きがよかったといいますね。

ほんとはまだテレビを持っていないのに、さもテレビがあるようにアンテナだけ買ってつけたわけです。見栄はほんとに恐ろしい。

枡野　それは結局、常に他人と比較しているんですね。人と比べて自分が劣っていると、イライラしたり、嫌な気持ちになる。

ところが、自分の後ろを遅れて歩いている人と比較すると優越感があって安心できる。だからテレビが無理なら、まずアンテナを買って立てる。アンテナが立っていれば、テレビがなくてもあるようにご近所の人に思ってもらえます。それでうちも人並み、標準だと自分の立ち位置を確認して安心しているのです。

車でも同じ。隣の家が車を新しくしたら、うちも買い替えましょうと。まだ車検を一回しかやってないのに。ほんとうは、いまの車でまだまだ十分。調子が悪くなったり、壊れたりすれば買い替えればいい。そう考えないといけないのです。

他人と比較しようがしまいが、自分は自分で、何も変わらないんですよ。ですから禅では、**他人と比較するのは一番いけないこと**だとされています。優劣とか上下とか勝ち負けとか自分と他人とか、物事を二元的に考えるのはとてもよくないことだというのが禅の教えです。仏性は、そうした二元論を超えたところに現われると考えるからです。

**沖**　自分をどう高めていくかということを考えたとき、誰かと比較しても意味はないんですね。そんなことをしても自分の人間性が向上するわけではないし、自分というのは、ほかの誰でもない自分自身でしかないわけですから。

**誰かをうらやましいと思う気持ちが起こったら、無人島でたった一人になった自分を想像してみるといいと思います。**無人島に一人なら、比べる相手はいません。自分だけを見つめて生きていかないといけませんね。嫉妬やうらやむ気持ちから解放され、心の平安を取り戻せると思うのです。

**枡野**　とてもいい考え方だと思います。誰かと比べて、自分は劣っているとうらやみ、嫉妬し、負けてなるかと見栄を張る。あるいは、劣っている自分をひたすら惨《みじ》めに思う。何もいいことがありません。人は嫉妬心から自由になるとき、初めてほんとうの自分が見えてくるのです。

十人いれば十人十色で、みなさん、それぞれ何かしら得意なことがあるものです。不得意なことは、もうそれは誰かにお願いして、得意なものをどんどん伸ばしていけばいいのです。学校レベルでは、理科系、文科系、いずれも基礎ですから、きちんとやらなきゃいけないですが、それから先は得意とするものを伸ばしたらいいんですね。

禅に**「春風無高下《しゅんぷうにこうげなく》　花枝自短長《かしおのずからたんちょう》」**という言葉があります。春の風は、下にある枝にも上にある枝にも等しく当たる。ただし、長い枝は日当たりがいいので早く花が咲いて、短い枝は陰になるから、花が咲くのが遅い。咲き方に違いが出てくる。

それはいい悪いではなくて、**それぞれの枝がそれぞれの置かれた立場に応じた花の咲かせ方をしているだけなんです。**それぞれの枝が、己の本分を全うしてるわけですよ。枝の長い、短いは、あっていいのです。

**沖**　いまの世の中というのは、誰もが同じ条件で同じように機会を与えられてこそ平等という考え方をしがちですが、そうではないんですね。チャンスは春風と同じようにみんなに平等に来るんです。そうしたら、あとは自分の能力に応じて、それにふさわしい活かし方をすればいいので、それが本当の平等ですよね。

**枡野**　それを誰もが同じ条件、同じ機会にしようとして、グーッとある幅のなかに閉じ込めてしまうものだから、おかしなことになるんです。禅的な考え方をすると、それは平等という名の下の不平等ですね。それぞれが能力に応じて輝けることこそが大事なのです。

## 自分のライフスタイルを持つことの大切さ

**沖**　物欲のコントロールで、ある意味、もっとも重要なのは、自分の生き方、考え方、**ライフスタイル**をきちんと持つことではないかと思うんですね。

そこがしっかりしていれば私の生活にはこういうものが必要なんだ、これがいいんだと思えますし、そこから外れるものはどれだけ世間で流行《はや》ろうが、評判がよかろうが、自分には必要ないので買うこともないでしょう。

情報の洪水にさらされても、消費を煽《あお》られることがないんです。だから、必要のないもの、無駄なものを買わずにすむ。当然、ものも増えません。

**枡野**　とても大事なご指摘だと思います。「水急不流月《みずきゅうにしてつきをながさず》」という禅語があります。川の流れは急でも、水面に映る月は流されることはない。そこにとどまっている、という意味です。**自分をしっかり持っていれば、水面に映る月のように、情報や流行りに流されることはありません。**

自分の価値観に合わなければ、買えても買わない。そういう消費行動が、自分のライフスタイルに合った心豊かな暮らしを作るのだと思います。

**沖**　実は、もうずいぶん昔のことですが、ドイツに初めて住むようになったとき、大学の聴講生になったんですね。ドイツ語ができなかったものですから、最初に、いろいろな国の人がいるドイツ語のクラスに入ったんです。日本人は私一人でした。

講義が始まってすぐだったと思います。先生から「ベルリンの壁」について意見を求められました。ベルリンの壁が崩壊するのは一九八九年一一月九日ですが、その直前のことでした。みんなまだドイツ語ができませんから、発言は誰もが英語です。私も英語で言いました。そうしたら、ドイツ人の先生から言われたんです。「世論がどうのこうのとか、メディアの伝える情報がどうのこうのとか、そういう借り物の意見や情報の切り貼りは要りません。あなたはこの問題についてどう考えるんですか」と。

要するに、自分の考え方、生き方、暮らし方に根差した意見になっていないない、バックボーンがしっかりしていない、と指摘されたわけです。ドイツの人は、意見を求められたら必ず「イッヒ・デンケ（Ich denke）」とか「イッヒ・グラウベ（Ich glaube）」と言います。「私はこう思う、こう考える」。英語の「I think」に相当する言葉です。

**枡野**　自分の考え方、生き方に芯がないと、説得力のある言葉にならないわけですね。

**沖**　買い物でも一緒だと思うんです。バックボーンがしっかりしていれば、自分の考え方や生き方に照らし合わせて、これってほんとうに必要なのかと冷静に判断できます。

でも、自分の考え方、生き方がちゃんとしていないと、「いま、売れています」「お安くなっています」「お似合いですよ」などと言われた途端、クラッときて、必要でないものまで「なら、いただこうかしら」と買ってしまう。だから、ものが増えるのです。

## 自分の生き方と向き合い一人称で暮らす

**枡野**　私も庭園デザインの仕事などを通じて、ヨーロッパに友人知人がいますが、彼らはいい意味で、「私、自分」というものがしっかりしていますね。

**沖**　そうですね。ヨーロッパは、何だかんだ言っても階級的なものが歴史的に残っているので、それぞれのクラスである程度、人生に制約がかかるところがあります。そのなかで生きなきゃいけませんから、嫌でも小さい頃から自分の人生を考えるようになります。

とにかく小学校の高学年で進路が決まってしまいます。そこで職人になるのか、上の学校に行くのか決まる。もちろん、その後もチャンスは何回もあるんですよ。でも、だいたいそこで決まる。だから自分はどう生きるか、子どもの頃から考えざるを得ないんです。

**枡野**　そこは日本とはずいぶん違いますね。進学のことは考えても、自分はどう生きたらいいか、そこまで深い自身への問いは、小学生ではまずないでしょう。それどころか、大人になってもない人が多いかもしれません。

沖　私は、ドイツとイギリスとオランダで暮らしましたが、彼らは自分の生き方と向き合いながら生活しているので、人や周りに影響されません。自分はこれがいいというのがしっかりある。一人称の世界で生きてるわけです。

あなたはいらないかもしれないけど、私には必要。あなたは必要かもしれないけど、私には不要。そういう線引きが子どものときからきちっとできているんです。

だから、無駄な買い物はまずしません。そして買ったものは、みんなお気に入りのものですから、長く、大事に使います。

枡野　情報や流行や他人の意見などに翻弄《ほんろう》されることがないんですね。

沖　ヨーロッパではどんな町にもアンティークショップがあります。もう何十年も前になりますが、イギリスに住むようになって、初めてアンティークショップをのぞいたときの新鮮な驚きは忘れません。薄汚れた大きな鏡とか、湯垢《ゆあか》のついたティーカップとか、とにかくいろいろなものを売っています。お世辞《せじ》にもきれいとは言えないものも少なくないんですが、けっこう繁盛している。

それはどういうことかというと、彼らはそれぞれの暮らしの好み、ライフスタイルがはっきりしてるんですね。だから、自分はこれがほしいと思ったら、それを買い続けて、ずっと買い足していくんです。ほかのものは買わない。もちろん人真似なんてしない。

私のドイツ人の友だちは、イギリスのマホガニーのアンティークの家具を何十年もかけて一個ずつ買っているんですね。高いから一度に買えないので。そういう人たちにとってアンティークショップは、好みのものを見つけて揃《そろ》えるための大事な場所なんです。

**枡野**　そこに自分のほしかった、以前、買えなかったものがあった、というので買っていく。人それぞれに、ほしくてたまらないアンティークがあるわけですね。

**沖**　日本人は、アジア的と言うんでしょうか、和洋中、全部一緒くたで、こけし人形とフランス人形と中国の人形「面塑（ミェンスゥ）」が一緒に飾ってあったりします。好みの一貫性のなさも、ものが増えたり、乱雑になる原因の一つのような気がします。

## もののない生活を楽しむ時代

枡野　人は何を求めてものを買うかと言えば、豊かさを感じたいからだと思うんです。ところが、ものの豊かさと心で感じる豊かさとは、イコールではないわけですね。

二〇世紀というのは、ものが豊かであれば、生活も豊かになれると信じられた時代でした。だから、「大量生産、大量消費」こそが国の経済を押し上げ、国民の生活もよくするのだと、みんな思ってきたわけです。あるいは、便利さ、速さ、情報量の多さ、こういうものが人間を豊かにするんだと、それがいわば豊かさの公式、方程式で私たちは育ってきたわけです。それを米国がリーダーとなって世界中を牽引《けんいん》してきた。

その結果、ものはどんどん増えましたが、ふと気がついたら、どうにも心の豊かさが感じられない。それが二一世紀になったら顕著になってきた。ほんとうの豊かさは、ものでは得られないのではないかと気づいた人はそれまでのもの、の、レ、ー、スから降りるわけです。

実際、そういう人が増えてきました。ミニマリストと呼ばれる人たちなどは、まさにそうですね。でも気づかない人は、心の豊かさが感じられないのは、まだまだものが足りないからだと思って、ますますものに執着してしまう。そのくせ、ものは大事にしない。次々買っては使い捨てにしてしまう。

**沖**　ものを大事にしなくなったのはいつ頃からかなと思って、ちょっと調べたことがあるんですけど、やはり一九六〇年代の高度成長が契機になっているようです。この時期を境にゴミの量も爆発的に増えるんです。

**枡野**　大量生産、大量消費の時代になり、ものを粗末にするようになったわけですね。

**沖**　そうなんです。ものが増えるのとときを同じくして、ものを大事にしなくなったんです。大量生産、大量消費は、経済の側面から見ると、確かに日本の発展に大きく貢献しましたけど、それで失うものもあったということですよね。

**枡野**　一〇〇年前、二〇〇〇年前は、コンピューターもなければ、携帯電話もない。新幹線もないし、飛行機もない。では、その時代の人たちは、暮らしに豊かさを感じなかったかというと、けっしてそうではないですよね。

季節の移ろいであるとか、農作物が実りの秋を迎えたときとか、四季折々に心の豊かさを感じて暮らしていたんじゃないかと私は思うんですね。ものはなくても心はとても豊かだったのではないでしょうか。

そうした視点を暮らしに取り入れるのはとても大事なことで、いま私たちは、ほんとうに必要なものだけを大事に、愛おしみながら、長く使う、言ってみれば、**もののない生活を楽しむ時代を迎えているのではないかと思います。**

## 石の文化と木の文化の違い

**沖**　ヨーロッパの人はものを大事にします。産業社会の経験という意味では日本よりずっと早かったわけですが、日本のようにはなりませんでした。なぜでしょう。
**枡野**　ヨーロッパは石の文化です。建物なら何百年とか一〇〇〇年の単位で持ちます。一度作ればなかなか壊れないし、直して使える。日本の文化は、韓国や中国などもそうですが、木の文化です。朽《く》ちて壊れていくのを肌で感じるわけです。だから新しいものに置き換えることにあまり抵抗がないのだと思います。

ヨーロッパは石の文化ですから、新しいものに置き換えるのが大変ですよね。だから抵抗感がある。その違いがある気がします。

**沖**　日本も高度成長の前まではものを大事にしていました。

**枡野**　大量生産、大量消費の米国型の考え方が入ってきたとき、朽ちて壊れていく木の文化は、新しいものに置き換えていいんだと、そう考えるようになったんでしょうね。住宅は象徴的です。リフォームではなく、取り壊して建て替えてしまうでしょう。

ヨーロッパは、壊れなかった石造のものを、外観を守りながら、なかをリノベーションしていく。発想がまるで違うんです。それが彼我《ひが》の違いを生んでいるのではないかと思います。

**沖**　ほんとうは木造建築もちゃんと造れば何百年も持つそうですね。

**枡野**　持ちます。樹齢一〇〇〇年の木を使うと一〇〇〇年持つと言いますからね。木造建築は、樹齢の分だけ持つんです。ところがいまは、三〇年かそこらで建て替えです。

ものを大事にする世の中にするには、暮らしの根本である住まいのそうした問題についても社会として目を向けるべきではないかと思います。

## なぜヨーロッパの人は花をあげるのか

沖　日本とヨーロッパの比較で言えば、ものをあげる習慣の違いも大きいですね。日本では引き出物とか、いろいろな贈答文化がありますが、**ヨーロッパの人はあまりものをあげることはありません。**あげるとしたらお花やチョコレートのように形がなくなるもの。これも家に余分なものがたまらない理由の一つではないでしょうか。

枡野　確かにそういう面はあるかもしれませんね。

沖　向こうは日曜日はお店が全部閉まるんですけど、お花屋さんだけは開いてます。駅の売店にもお花は必ずあるし、チョコレートも売っています。ちょっと調べたら、日本人もけっこうお花は好きなんですよ。消費量もドイツ人に負けないくらい多い。みなさん、お花をどこへ持っていってるんでしょうね。

**枡野**　日本のお花は仏花が多いんですよ。お彼岸とか、お盆とか、それからご葬儀とか。日比谷花壇《ひびやかだん》さんなんかとお話をすると、もう使われる量で言えば、圧倒的にそちらの仏事の花の量が多いそうです。もちろんプレゼントで使われるものもあるんですけど、絶対量から言うと、もう圧倒的な違いだと言っていました。

**沖**　ああ、なるほど、仏花ですか。

**枡野**　そうなんです。

**沖**　あるときドイツ人の元貴族の方からディナーのお招《まね》きにあずかったことがあります。ドイツ人の名前に「フォン」とついていたら、その人は元貴族。その方の名前にもフォンがついていました。さて、そんなご立派な方のお宅にお邪魔するのに、何をお持ちしたらいいかとあれこれ考えたんですが、ここはやっぱり秘書の方にご相談申し上げるのがいいと思いまして、聞いてみたんですね。すると、こう言われました。

「お花がいいでしょう。ただし奥さまのお花の趣味がわからないので、全部種類の違うお花を五〇本ご用意されてはいかがですか」と。おお、それはいい考えだと思いまして、違う種類のお花を五〇本揃えてお持ちしたんです。凄いお宅で、まるでお城みたいだったんですけど、凄く喜んでいただいて、ほっとしました。

五〇本全部違う花にすると何がいいかと言いますと、非常にカラフルだし、何より枯れる順番が違うので、最後の一本まで楽しめるんです。

**枡野**　それだけあれば、奥さまの好みの花もあるでしょうし、ディナーの華やかさの演出にもなる。何より最後の一本まで花を愛《め》でることができる。素晴らしい考え方です。

**沖**　それから私は、お友だちのお家にお邪魔したり、何かのお祝いをしたりするときなどに、よくこの方式で、**全部違う種類のお花を二〇本とか三〇本持参したり、贈ったりするようになりました。**これなら相手のお家でものが増えないですよね。しかも、心も満足されるし、喜ばれる。いいことずくめです。

第3章　心の大掃除――。
持たずに暮らす、清々しくシンプルな生き方のために
――枡野俊明・沖 幸子対談

## ものが増える社会と増えない社会

**沖**　世の中のシステムや慣習的な面で、ヨーロッパはものが増えない社会構造になっているし、逆に日本の場合は、ものが増えるような社会構造になっている気がしますね。アンティークショップなどを見ても、**ヨーロッパは、リサイクル、リユース、リデュースがしっかり根付いています。**

**枡野**　日本はオマケみたいなものも多いですね。何か買うと付いてきてしまう。試供品とか販促キャンペーンのグッズとか。ヨーロッパは、そういうものはないですよね。

**沖**　日本では歩道などでよくティッシュを配っていますけど、あれもヨーロッパではないです。日本人は、ものが基本的に好きなんでしょうか。形あるものが。

**枡野**　ティッシュなどは、貰《もら》わなきゃ損と思うのか、自分で手を出して貰いますからね。

**沖**　とにかく、ただであげるっていうものは貰いますね、日本人は。

**枡野**　それがだんだん押入れや収納を埋めていっちゃうんでしょうね。

**沖**　結婚式の引き出物などは、最近は選べる小冊子にするケースが増えました。

**枡野**　でも、あれも困りますね。

**沖**　そう。みなさん好みというのがありますからね。そこに欲しいものがあればいいんですけど。だから私はもう食べ物しか貰わないんです。食べ物なら、おいしくいただいて、消えてくれますから。

**枡野**　お腹《なか》に入っちゃいますからね。

**沖**　小さなことですが、これもものを増やさない大事な習慣ではないでしょうか。

## いかに捨てるかより、いかに持たないか

**沖**　よく、ものを減らすにはどうすればいいですか、と聞かれるんですが、それってほんとうは順番が違って、ものを増やさないような生き方、考え方にな

らないと、いくら捨てても、結局またすぐに増えてしまうんですよね。

**枡野**　おっしゃる通りです。禅的に言うなら、まず余分なものは身につけない、持たない、それが基本です。修行僧は雲水と言いますが、これはご存じのように「行雲流水《こううんりゅうすい》」から来ています。修行僧は、行く雲のごとく、流れる水のごとく、尊敬できる師のもとで学習したい、その一心で師を求めて各地を渡り歩くわけです。

修行僧は、荷物が多いと歩けないので、必要最小限のものしか持ちません。袈裟《けさ》や衣の着物類と食事に使う応量器《おうりょうき》、それに少しの経文《きょうもん》と書物がそのすべてです。そしてそれ以上増やさない。増やすと旅が大変になりますからね。

そんな、もののない暮らしに慣れると、持たない心地よさが出てきます。現代の修行僧も一緒で、修行を終えたあとも、荷物はほんとうに少ないです。私どもの寺の和尚《おしょう》にしても自分の荷物はダンボール箱三つくらいしかありません。昔はいっぱい持っていたようですが、持たない心地よさが身についてしまうと、ものはないほうが生活しやすいということが自分でわかるんです。洗濯一つとっても、洗いものが多ければ、その分大変ですから。このため、「いつでも私は引越しできます」と言っています。

禅に「本来無一物《ほんらいむいちもつ》」という言葉があります。人は本来何も持ってはいないという意味です。一方で、「無一物中無尽蔵《むいちもつちゆうむじんぞう》」という言葉もあります。何も持っていないけれど、そのなかに無限の可能性がある、という意味です。

**沖**　その可能性を引き出すには、無駄なもの、不要なものは持たないということですね。

**枡野**　そういうことです。

## 一つ手放したときの清々《すがすが》しさ

**沖**　私たちは修行を積んだお坊さんと違って凡人ですから、やっぱりあれこれ買いたくなります。よほど心してかからないと、すぐにものが増えてしまいます。

そこで私は、物欲に枷《かせ》をはめ、ものを減らすために、たとえば、「一日、一つ減らす」とか、「一つ買ったら、一つ処分する」といったことを自分への約束事として課しています。こうすることで、ものを増やすことなく、確実に減らすことができます。

**枡野**　手放すルールを決めるということですね。その意味で、おっしゃるように、まず一つ手放してみる、というのはとても大事なことだと思います。手放した心地よさ、清々《すがすが》しさというのが必ずありますから。それで、もう一つこれも処分しようか、となる。

**沖**　ものへの執着を自ら解き放つための一つの手立てですよね。

**枡野**　まさにそうです。**執着を捨てる。**そのたとえとしてわかりやすいのは、お賽銭《さいせん》なんです。お賽銭というのは、お賽銭箱に向かってポーンと投げ入れますね。よく、**お賽銭箱にそっと入れる方がいますが、投げ入れたほうがいいんです。執着を断ち切るんですから。**

**沖**　お金を投げるのは、粗末に扱うようで、なんとなく気が引けますが、そんなことはないわけですね。むしろ投げたほうがいいと。

**枡野**　お金をそっと入れるのは、執着がある証拠です。ですから、どうかこのお金を大きな意味のあることに役立てて下さい、そう思って放り投げる。そうすることで執着を断ち切るのです。だから、お参りするときのお賽銭は、投げていいいんです。

**沖**　ものを処分すると部屋も心もすっきりしますが、それはお賽銭と同じで、手放したものの分だけ、執着を断ち切ることができるからなんですね。

**枡野**　そうです。ものを手放すと、心地よさ、清々しさをおぼえるのは、執着がその分、消えるからです。**ものを捨てれば、その分、心の掃除もできるのです。**

**持たずに暮らすためのヒント**

**ものは三つに分けて考える**

①ないと生活に困るもの＝絶対に必要なもの
②あったらいいなというもの＝なくても困らないもの
③いつか手に入れたいもの＝全く必要ないもの

**プレゼントは形のなくなるものを渡す**

- 全部違う種類のお花を三〇本贈るのも楽しい

**ものを手放すルールを決める**

- 「一日、一つ減らす」「一つ買ったら、一つ処分する」

第3章　心の大掃除――。
持たずに暮らす、清々しくシンプルな生き方のために
――枡野俊明・沖 幸子対談

# いいものを大事に使い、住まいも暮らしも整える

## 愛着のわく、いいものを持つ

**沖**　先日、取材でお目にかかった編集者の方から、こんなお話をうかがいました。

その方は、ものへのこだわりがなくて、別に着られればいい、使えればいい、そんな生き方をしてきたそうなんですが、あるとき、それはもうやめようと思ったのだそうです。

**枡野**　きっかけは何だったのですか。

**沖**　ある著者の方と企画の打ち合わせをしていたとき、その先生がジャケットの胸の内ポケットから、すっとモンブランの万年筆を取り出して、「こんなふ

うにしたらどうでしょうか」と、ご自分のアイデアを企画書の余白にさらさらっと書いたのだそうです。

モンブランの太字（149のB：BROAD)で、インクはミッドナイトブルー（ブルーブラック）。編集者の方は、その滑《なめ》らかなペン先を追いながら、突如として思ったんですね。「これ、ほしい！」と。そして、すぐに同じものを買いました。

それまでは使えれば別に何でもいいという人ですから、万年筆も数千円で買えるお手軽なものを使っていたそうです。書き味に満足していたわけではないけれど、値段も値段だからと、自分を納得させていたようです。でも、安いものは、結局、長くは使えませんよね。ペン先が傷《いた》んだりして、何本も買い替えてきたと言います。

「でも、それはよくないんじゃないか」、そう思ったんですね。「どうせ使うなら、いいものを買ったほうが、満足度も高いし、愛着もわく、大事にもする。愛着もわかないものをあれこれたくさん持つより、そのほうが心豊かに暮らせるのではないか」と。

それから生活全般をそのように変えたと言います。たとえば、三〇〇〇円のシャツを三枚買うなら、一万円のシャツを一枚買うようにした。と同時に、いらないものはみんな処分した。すると劇的にものが減って、家も心もすっきりし、軽やかになったそうです。

**枡野**　面白いお話ですね。確かに安いものは愛着がわきませんから、すぐにまた別のものがほしくなって、結局、似たようなシャツを何枚も買うことになりがちです。それなら、**最初からいいものを一枚買ったほうが、愛着もわきますし、長く、大事に着られます。**

**沖**　そうなんです。そのほうが絶対にいいし、心の豊かさにもつながると思います。

**枡野**　安いものを買うと、ものをものとしてしか見ないと言いますか、大事に、丁寧に扱う意識が薄くなるんですね。たとえばお皿を例にするなら、何かを盛り付ける、という機能だけなら、一〇〇円ショップで売っているお皿でも十分用は足ります。

ですが、愛着を持って、長く、大事に使うかというとどうでしょう。安いものは、壊れたり、飽きたり、使えなくなったりしたら、また買えばいいや、と思いがちです。使い捨ての発想ですね。これではどうしたって愛着はわきにくい。ものをものとしてしか見ないとしたら、いきおい取り扱いも雑になってしまいます。

一方で、少しお値段は張るとしても、たとえば、萩《はぎ》でも備前《びぜん》でも唐津《からつ》でも、自分の趣味や好みにあったお皿を手に入れて、食卓で使うようにすれば、料理も引き立ちますし、気持ちも豊かになって、食事の時間をいっそう楽しむことができます。

そういうお皿であれば、愛着もわきます。取り扱いも丁寧になり、長く、大事に使おうと思うでしょう。

**沖**　機能だけ見たら同じでも、腕のいい工人のこだわりの器に価値を見出して、「こういうお皿で食事がしたい」と思えたなら、値段にかかわらず、手に入れたくなりますよね。先ほどの編集者の方みたいに。

## メリハリの利いたお金の使い方

枡野　誤解のないように申し上げますが、一〇〇円均一の商品がダメだと言っているわけではないし、ましてや高いものだけ買うのがいいと言っているわけではないのです。

　編集者の方が、モンブランの万年筆に心惹《ひ》かれ、それまでの使えれば何でもいいという生き方を改めたように、自分のライフスタイルに応じて、お金を使うところには使いましょうという話なんです。

　たとえば、古新聞を束ねるビニールひもとか、ガムテープとか、そういうものは、文字通り機能だけ満たしてくれればいいわけですから、何もわざわざ高い商品を買う必要はありませんね。一〇〇円ショップを利用すればいいのです。

　この使い分けをする生活ができるようにならないと、いつまでたっても使い捨てで、ものがたまる暮らしから抜けられないのではないでしょうか。

沖　要するに、**お金の使い方にメリハリをつける**ということだと思うんです。

たとえば、下着は素材が良くて機能性のある安価なファストファッションでもいいけれど、ちゃんとした上着は、自分の趣味や好みに合った、長く手入れをしながら着られる、素材のいいものを選ぶといったことですね。

私の場合、上着はできるだけ天然素材のもの、夏は麻とか綿素材に、冬はウールやカシミア一〇〇％に決めて、それからデザインやブランドを選ぶようにしています。下に着るＴシャツなどは三〇〇〇円とか五〇〇〇円のものでも全然平気です。そういうメリハリですね、大事なのは。

**枡野**　それには自分の生き方や価値観などがしっかりしている必要があります。そうでないと、これにはお金をかけるけれど、これにはかけない、そうした線引きができませんから。

**沖**　その意味では、自分のライフスタイルを確立することが、もののメリハリのある付き合いができるようになる一番の近道かもしれません。

## ものも己の分身と思い、慈《いつく》しむ

**沖**　先ほど万年筆の話が出ましたけど、実は私も愛用しているんです、モンブランの万年筆。かれこれ三〇年になります。凄く使い心地や書き心地がいいので、筆記用具は基本的にこれ一本ですませています。いつでもどこでも一緒です。

ですから、なくしたら大変です。身を切られるほど辛《つら》い。どこでなくしたんだろうと必死で探します。一度、会社で見当たらなくなって、二日間、探し回ったことがあります。見つかったからよかったんですが、その間、生きた心地がしませんでした。

**枡野**　それだけ愛着があるわけですね。ほんとうに大事にしてらっしゃる。ものとは、そういう付き合いをしないといけません。そのような関係を築かないといけない。

**沖**　人と一緒ですね。

**枡野**　禅では「他己《たこ》」と言います。他の人やものも己の分身で、自分と同じという考え方です。このため私たち禅僧は、作務衣《さむえ》がほつれたら縫い直して着ますし、草履《ぞうり》の鼻緒《はなお》が切れたら、これも丁寧に直して使います。

身の回りにあるもののすべてを大切に思い、簡単に手放すことはしません。

**沖**　他己とは己の分身ということですね。

**枡野**　縁があって自分のところに来たものは、自分と一体だと考えるのです。仏教には二つの柱があります。一つは「諸行無常《しょぎょうむじょう》」、もう一つは「諸法無我《しょほうむが》」という考え方です。

諸行無常は、みなさん、ご存じのように、すべて諸々のものは移り変わっていくということですね。これに対し諸法無我は、諸々のものは我ではない。つまり単独で成り立っているものは何もない。すべては関係性の上に成り立っている。そういう考え方です。

ですから、自分が心地よくなるには、相手も心地よくなる必要がある。相手が心地よくなければ、自分も心地よくなれない。そう考え、相手のことを思っていく。あるいは、相手の存在を慈《いつく》しんでいく。それは人であっても、ものであっても同じなのです。

**沖**　いつも使っているもの、手に馴染《なじ》んでいるもの、長年愛用しているもの。そういうものは、自分と一心同体のような感じになります。大事にするし、粗末にしてはいけないという気持ちになる。だから、なくしたら、必死で探すのです。

長年、使い慣れて、自分の分身みたいに大切にしているものは、何ものにも代え難い、まさにプライスレスの存在。いくらお金を出しても買えません。

**枡野**　そういうことですね。

**沖**　それから、これは先ほどの編集者の方が言っていたことなんですが、モンブランの万年筆を買って以来、手紙を書くことが増えたそうです。それまでメールですませていたお礼などもきちんと手紙で書くようになったと言っていました。

**枡野**　わかります。いい万年筆を持つと、ほんとうに手紙が書きたくなります。いいものを持って大事に使うようになると、思慮深く、暮らしが丁寧になるのです。

## いいものを直しながら、大事に使う

**沖**　日本は伝統的にいいものを作って、それを長く、大事に使うことを尊ぶ社会だったと思います。たとえば、何かものが壊れたら、それを何度も何度も手入れをしながら、使い続ける。そのための部品もあったし、なければ、知恵を出して作ったりしました。

**枡野**　包丁の研《と》ぎ屋さんとか、のこぎりの目立て屋さんのように、いろいろな道具をメンテナンスする人もいました。ですから、長く使い慣れたものや、おじいさん、おばあさんから受け継いだものが、また新しく生まれ変わって使えたのです。

**沖**　ところが、いまは家電製品などが壊れても、修理して使えるのは、せいぜい一〇年くらいでしょう。それ以上は、部品のストックがなくなるので、修理ができなくなってしまう。ですから長く使いたくても使えないんですね。こうしたことも、ものを大事にしないとか、ものが氾濫《はんらん》する一つの原因ではないでしょうか。

**枡野**　古いものを、手入れをしながら、丁寧に使い続けていると、愛着もわいてきます。そういう生き方、暮らし方をしていれば、ものはそれほど増えないのです。

**沖**　ほんとにそうです。

**枡野**　焼き物が割れたり欠けたりしたら、漆《うるし》で接着し、繕《つくろ》った部分を金や銀で装飾する金継《きんつ》ぎ、銀継《ぎんつ》ぎという修復技法がいまに伝わります。これは、割れた器を修復するだけでなく、以前よりも価値のある味わい深いものにしてくれる素晴らしい伝統技法です。

**沖**　ドイツで暮らし始めたときびっくりしたんですが、ドイツにも食器などが欠けたとき直してくれる場所があるんです。私もお気に入りの器が欠けたとき、そこへ持って行って直してもらいました。陶器でも磁器でもガラスのコップでも何でも修復してくれます。

そのときしみじみ思いました。**ドイツの人は、いいものを買って、それを手入れをしながら、いつまでも長く、大事に使うんだなって。**

**枡野**　なるほど。金継ぎ、銀継ぎをやってくれる業者さんはいまでもありますが、昔のようにそれが当たり前の存在かというと、そうではありませんからね。

**沖**　昔の日本では、それが庶民の間で当たり前でした。いまではかろうじて命脈を保っている、古き良き日本の伝統文化という感じになってしまっています。

**枡野**　残念です。ただ、最近は、金継ぎ、銀継ぎを教える市民講座のようなものをやっているところもあるようですし、大型のホームセンターなどでは、金継ぎ、銀継ぎをするためのセットを売っていたりもします。

いいものを長く、大事に使いたい、そういう意識の人が少しずつ増えているのだとしたら、とても喜ばしいことだと思います。

## 命を使い切るのはものへの礼儀

**沖**　昔の日本人は着物を着ていたわけですが、普段着は基本的に木綿《もめん》の着物でした。それをまず大人が着て、擦《す》り切れたら子どもに着せて、それが擦り切れたら、今度はおむつや雑巾《ぞうきん》にした。ものを最後まで大事にして使い切る生き方は、世界に誇《ほこ》れるものです。

**枡野**　布にも命がある、だから最後まで使い切るんだと、そういうことですよね。

**沖**　これができたら、心がとても豊かになると思うんです。

**枡野**　実は私たち僧侶が掛ける袈裟というのは、もともと「糞掃衣《ふんぞうえ》」といって、みなさんがもう使わなくなって捨てた、汚れ物を拭くのに使ったりしたぼろ布を集め、きれいに洗い、切ってつなぎ合わせたものなんです。パッチワークと刺し子で作ります。

お釈迦様のときからあるので、二六〇〇年にもなります。

**沖**　日本人は、そうした仏教の影響も受けながら、おむつから雑巾まで、ものに魂を入れて、大切に、丁寧に、暮らしてきたわけですね。

**枡野**　すべてのものに命はあるわけですから、その命を使い切ってあげる。それこそがものに対する礼儀であると、昔から日本人は考えてきました。

たとえば、昔、お寺には必ず石臼《いしうす》があって、製粉作業などに使っていたんですが、何十年も使っていると、石臼の目が減って、粉が挽《ひ》けなくなってきます。そうしたら、漬物石として使うのです。石臼では使えないけれど、漬物石にはもってこいなわけです。

ところが漬物石も何十年も使っていると、そのうち割れたり欠けたりします。すると今度は、雨が降ると水がたまるようなところにこれを置いて、庭の飛び石にするんです。そうやってものに別の使い道を与えて新たな命を吹き込みました。

これを「**見立て**」と言います。

**沖**　木綿の着物をおむつや雑巾にしたのと同じですね。

**枡野**　そうです。たとえば湯呑み茶碗が欠けたら、もはや湯呑みでは使えないけれど、そのままの姿で花入れにはできます。すると、茶碗とはまったく違う命がそこに注ぎ込まれることになります。別の命を貰《もら》って生き続けていくわけです。

そうやってものの命を全部活かし切る、使い切る。

**沖**　私も取っ手の取れたジノリのコーヒーカップを一輪挿しに使っています。

取れたところが見えないように向こう側にして。けっこう気に入っています。せっかく大事に丁寧に使ってきたんだから、そうやって別の使い道を見つけてあげれば自分の心も満足するし、ものも喜んでくれるような気がします。

枡野　そうですね。見立ては、ものに対する思いや愛着の深さはもちろんですが、見立てる人の創造力次第で、いくらでもその使い道を創り出せるところがいいのです。

たとえば、千利休《せんのりきゅう》や小堀遠州《こぼりえんしゅう》などの茶人は、倒れた古いお墓や灯籠《とうろう》の壊れた石などを使って、いわゆる寄せ集めの灯籠を作ったりしています。

沖　創造力を働かせて、ものに別の命を吹き込み、活かす。見立ての妙ですね。

枡野　私どもの寺には竹林があるのですが、竹林というのは放っておくと、密生して根を張る力が弱くなったり、風通しが悪くなったりして、竹林そのものが荒れてきます。いい筍《たけのこ》もとれなくなる。そこで適度におろぬく（間伐する）必要があります。

このため間伐の竹がかなり出るものですから、それでろうそくの器を作りまして、毎年、大晦日《おおみそか》の除夜《じょや》の鐘《かね》のときにその器に三〇〇〇本のろうそくを立てる「萬燈除夜《まんとう》の鐘」という催しをやっています。おろぬいた竹の有効活用、これも一つの見立てです。

**沖**　それは素敵ですね。ぜひ見てみたいです。

**枡野**　ろうそくの灯りが境内《けいだい》を照らして、なかなか幽玄な趣《おもむき》があります。二時間しか門を開けませんけれども、毎年、二〇〇〇人くらいの方が来られます。

**沖**　凄いですね。

**枡野**　ものにはそれを作った人の命、エネルギーが注ぎ込まれています。それから、たとえば石臼であれば、何千年、何万年という石そのものが自ら刻んだ歴史もあります。それらを大事にする、尊重する、絶対に粗末にしない。簡単にゴミにはしないのです。

これは日本人のものに対するもともとの礼儀であり、基本的な価値観です。それを暮らしのなかで実践することで、日本人の本来の社会に戻していく。

生かす心があれば、ものはいかようにも生きます。その心持ちで、暮らしを、生き方を見直してみる。きっと心の豊かさが実感できるようになるはずです。

## 週に一度は冷蔵庫の余り物で野菜料理を

沖　ものを最後まで使い切るという意味では、食べるということも重要ですね。

枡野　おっしゃる通りです。

沖　そこで私たちにできることは何だろうと思って、週に一回、週末の夜にでも、**冷蔵庫のなかの余り物を利用して料理を作りましょう**、と提案したことがあります。冷蔵庫の整理にもなりますし、ちょうどいいのです。

枡野　冷蔵庫の残り物で多いのは何でしょうか。

沖　お肉もよく残りますが、一番多いのは野菜でしょうね。スーパーなどでは、バラで買えないことが多いですから、家族が少ないと、どうしても余ってしまいがちです。

枡野　きゅうりなどは、三本ワンパックとかが多いですね。

沖　ですから、週末の残り物の料理は、たいてい野菜中心のメニューです。

枡野　それはいいことですね。野菜中心の食事にすれば、①心が穏やかになる、②肌が白くなる、③体臭が抑えられる、④アレルギー体質になりにくい、など健康面でのプラスがたくさんあります。

肉食中心の方は怒りっぽいし、闘争心がとても強い。レスラーの方などはたくさん肉を食べますが、食べないと闘争心がわかないと言いますからね。また肉中心だと、メラニン色素を多く摂取するので、肌の色が濃くなります。それから体臭もきつくなる。

沖　ヨーロッパの方なんかそうですね。だから香水も発達した。

枡野　私どもの寺の和尚で、修行に入る前は花粉症だった者がおりますけれども、三年間禅宗料理を食べたら、ぴたっと治ってしまいました。修行に入る前は、肉をよく食べていたそうですから、野菜中心の食事になり、アレルギー体質が改善されたのだと思います。

実際、そういうお話は、何人もの方からうかがいました。一方で、花粉症がよくなったので、また肉を食べるようになったら、花粉症が再発したという人もいます。肉食中心の生活が、健康に悪影響を与えているのは明らかです。友人の医師によれば、肉の摂取量が多くなり、大腸がんが増えたというデータもあるようです。

もともと肉中心の食事は、お腹いっぱい食べてしまうような食事なのです。ところが野菜は、繊維質のものが多いですから、お腹いっぱい食べようという気にはあまりなりません。自然と腹八分目になるのです。

**沖**　ですから、消化もいいし、体にもやさしいんですね。

**枡野**　そういうことです。肉が好きな方は多いと思いますが、せめて週に一日くらいは野菜中心の日を作ってみるといいかもしれません。

**沖**　その意味では、週末に冷蔵庫の余り物で野菜中心の料理を作るのは、たんに食べ物を残さず、大事に使い切るだけでなく、そうした野菜中心の食事を習慣として取り入れるいいきっかけになるかもしれませんね。

ただ、最初から「食べ物は残さず使い切ろう」と思ってスーパーで買い物なんかしたら普通の人は疲れてしまいます。プレッシャーにもなります。

ですから考え方としては、「冷蔵庫の残り物を使って簡単レシピを考えてみませんか」くらいのスタンスがいいと思います。それなら、「へえ、何か楽しそう」と前向きになれますし、そこに喜びを見出すこともできます。楽しい要素や、お得な感じがあると、人はけっこう面倒なことでもやれますから。

するとと案外、いいアイデアも生まれてくるんですよね。それがまた余り物の料理を楽しくさせる。食べ物を無駄にしないで、きれいに食べきることができますし、冷蔵庫も週に一回、定期的に片づけることができる。一石二鳥です。

## 禅宗料理（精進料理）に学ぶ食の命をいただく心

**沖**　食べ物を大事にするという意味では、禅宗料理はその極みですね。

**枡野**　そうですね。たとえば、けんちん汁などは禅宗料理を代表するものですが、あれは野菜の葉っぱでも皮でも何でも使いますからね。たとえば、大根であれば、普通は皮をむいたら、その皮の部分は捨ててしまいます。でも、けんちんでは、すべて炒めて煮込んでしまいます。捨てるものがないのです。全部使い切ります。

**沖**　そうですね。

**枡野**　それは大根なら大根の命を全部、私たちがいただくわけですから、できるだけ粗末にせずに活かしていくにはどうしたらいいかと考えるわけですね。そうするとやっぱりすべてを使い切ってあげるということになるのです。

**沖**　私も野菜などはなるべく使い切るように心がけています。たとえば大根なら、葉っぱは塩麹《しおこうじ》漬けにしたり、ごま油でしょうゆと砂糖で甘辛く炒めたりします。

甘辛く炒めた葉っぱは、冷蔵庫で数日保存できるので、おにぎりの具にしてもいいし、お茶漬けの付け合わせにもぴったりの一品になります。

**枡野**　世の中には、お金を出したのは自分だから、どう食べようが自由と思うのか、たくさん注文した挙句《あげく》、もう食べられない、お腹《なか》がいっぱいだと言って残す方がいます。

**沖**　中華料理屋さんなどに行くと、よくそういう場面に遭遇します。

**枡野**　あとはホテルのバイキングもそうですね。

**沖**　「そんなに食べられるの?」と呆《あき》れるほどとってきて、結局、残しちゃう人っていますよね。自分の食べる量だけとって、それを全部おいしくいただく。それが当たり前だと思うんですが、食べようが食べまいが、とらなきゃ損だと思うんでしょうか。

**枡野**　それで食べ残しですから、ほんとうにもったいないです。

**沖**　もったいないから知らない人の残り物を私が食べます、というわけにもいきませんからね。人の食べ残しを。

**枡野**　私はよく若い人に言うのです。たとえば、料理を頼んで一〇〇〇円払ったとして、あなたは、その料理に入っている大根やニンジンの命にお金を払ったんですか。払っていないでしょ、と。実際、誰も払っていないのです。

代金の一〇〇〇円というのは、食材を育てたり作ったりした人の費用と、運んでくれた人の費用と、調理した人の費用の総額であって、大根やニンジンの命には、誰もお金を払っていないのです。命をタダでいただいている。そして生かしていただいている。

大根の葉っぱ一枚であっても、ばっさり切り落としてポイと捨ててしまうような、そんな失礼なことなどできるはずがないのです。これは人としてとても大切なことです。

沖　食べる食材にも命がある、その命を活かしきって、私たちの命も保たれている。食べ物を残すというのは、ほんとうに恥ずべきことです。

## 僧侶が器を三本の指で持つ意味

枡野　私たちは、野菜にしても肉にしても、命をいただくわけです。食事のとき、「いただきます」と言うのは、まさにその命をいただくことに対しての感謝なわけです。

しかし、さまざまな場面で食事の風景を見ましても、手を合わせて「いただきます」と言っている人は、ほとんど見かけません。

沖　「いただきます、ご馳走さまでした」、それが言えない大人が増えました。

私の母は、箸のあげおろしから、挨拶《あいさつ》の仕方や座り方、目上の方への言葉遣いまで、それは厳しく教える人でした。それこそ白いお米のご飯を残そうものなら、「なんと罰当たりな。お百姓さんに申し訳ない。一粒も残さずにちゃんと食べなさい」と、ぴしゃりと言われたものです。
そのおかげで、好き嫌いなく、何でもおいしくいただけるようになりました。小さいときからの親御さんの教育は大事ですね。
**枡野** そうですね。小さいときから生活習慣になっていないといけませんね。命をいただく、それで自分の命も生きながらえさせていただく。そういう気持ちがあれば、「いただきます、ご馳走さまでした」は自然と出てくるはずですし、「もうお腹いっぱいだからいらない、捨てちゃえばいいよ」などという呆れたことは起こるはずもないのです。
**沖** いま日本では膨大な量の食料が廃棄されています。政府広報によれば、日本で一年間に廃棄される食品廃棄物は一九〇〇〇万トンで、これだけあれば世界で七〇〇〇万人が一年間食べていけるそうです。とてつもない量の食品を捨てているのです。
**枡野** 心が痛みます。
**沖** そういえば、禅宗には確か、食事のときに唱える言葉がありました。
**枡野** ええ、「五観《ごかん》の偈《げ》」というものです。

一つには、功の多少を計り彼《か》の来処《らいしょ》を量る。
二つには、己が徳行《とくぎょう》の全欠を忖《はか》って供《く》に応ず。
三つには、心を防ぎ過《とが》を離るることは貪等《とんとう》を宗とす。
四つには、正に良薬を事とするは形枯《ぎょうこ》を療ぜんが為なり。
五つには、成道《じょうどう》の為の故に今この食《じき》を受く。

意味はこうです。

食事ができるまでを思い、農家の人たちをはじめ多くの方々に感謝していただきます。
食事をいただいていいのかどうか、自分の行ないをよく省みてからいただきます。
貪《むさぼ》り、瞋《いか》り、愚かな心を持たないように、肝《きも》に銘《めい》じていただきます。
この食事は私が生きながらえていく良薬と思っていただきます。

修行を成し遂げるために、この食事をいただきます。

これを唱えて食事をいただくわけです。

加えて言えば、禅では、**食事をするとき、器を親指と人差し指と中指の三本の指で持ちます。**すると背中までスッと伸びて、自然と姿勢がよくなります。

それが**命をいただく作法**なのです。

**沖**　これは禅の修行のためのものですが、一般の方の食事の心得としても十分に意味のあるものだと思います。

**枡野**　ぜひみなさんも、この五カ条を思いながら、三本の指で器を持って食事をしてみてください。いただいているのは命であることが実感できるはずです。

## 住まいが整えられる人は、暮らしや生き方も整えられる

**枡野**　話がちょっと前後しますが、手入れの行き届いた上質なものを、大事

に、長く、使える人というのは、住まいもきれいに片づいていることが多いように思います。

**沖**　それは言えますね。逆もまた真で、住まいの整理がきちんとできている人は、質のいいものをちゃんと手入れをしながら、大事に、長く、着たり、使ったりするものです。

たとえばドイツの人は、靴を大切にする人が多いのですが、上手に履《は》きこなして、よく手入れがされているなって思う人は、たいていお家も快適ですっきりしています。

**枡野**　生活環境が整えば、そこで暮らす人の心も整います。ものが整理できる人は、生活そのものがきちんとしているのです。

ですから、自分に必要な質のいいものを揃えて、きちんと手入れをしながら、大事に、長く、使うといった、簡素でシンプルな暮らしができるわけです。

**沖**　そうですね。

**枡野**　住まいが整理できる人は、生活や生き方そのものも整理できる人なのです。

**沖**　一方で、それができない人もいますね。たとえば、昔、「どぶ板踏んで毛皮着て」という言葉がありましたけれど、外出する服装と住まいの段差がありすぎる人がいます。

たとえば、お家はゴミ屋敷みたいになっているのに、出かけるときは上から下まで高級ブランド品で着飾るようなタイプの方ですね。ものと住まいの落差が大きすぎるのです。

**枡野**　他人と比べて見栄を張ったりするからでしょうね。

**沖**　その点、ドイツはものと住まいの落差がなくて、ほとんどイコールです。たとえば、ドイツの人は車が好きで、一番がベンツ、次がＢＭＷ、その次がアウディ、という人がいるのですが、では隣の家がベンツを買ったから、じゃあうちもベンツを買わなきゃとなるかというと、そんなことはまずありません。

所有するもので他人と比較するという発想そのものがないのです。じゃあ何で比較するのかといったら、一番は「庭」と「窓辺」です。いくらベンツに乗っていても、庭がきちんと芝刈りがされていないとか、窓ガラスが汚れているとなったら、それはもう人間失格の烙印《らくいん》が押されるほど、人としてダメだとされているのです、ドイツでは。

**枡野** つまり、ものが先に来たらダメだと。まずちゃんとすべきは、暮らしをきちんと整えることであって、それができて初めて、あなた、ベンツでしょう、BMWでしょう、という話ですね。

**沖** ですから、どんな家で暮らしているのかということが、とても重要視されるのです。特に庭や窓辺は外から見えるでしょう。住まいの一番のチェックポイントなわけです。

**枡野** 庭の手入れの良《よ》し悪《あ》しや窓辺に花が飾ってあるかとか。

**沖** そうです。だから、窓辺の花は、みんな外を向いてます。たとえば、窓辺にゼラニウムがバーッと垂れ下がっている。それは人に見てもらうためなのです。

目的は二つ。一つは通行人の心が和《なご》むように。もう一つは、我が家はこうやって質の高い暮らしをしてるんですよ、ということを誇示するためです。

**枡野** 窓辺は住む人の心を映す場所なんですね。だから、高級車を持ってますよ、大画面のテレビを持ってますよ、とものを誇示するのではなく、私はこういう質のいい暮らしをしてるんですよ、とアピールするために庭をきれいにしたり、窓辺をきれいに飾ると。

沖　日本人とは比べるところが違います。**ものではなくて暮らしの質そのものなのです**、人と比べるのは。衣食住で、日本では住が最後ですが、**ドイツではまず住まいなのです。**

枡野　カナダの友人のところに行くと、「うちは月に何回芝刈りをして、これだけきれいに保ってるんだ。隣の芝は、だいぶ伸びてるだろう」、そういう比較ですよね。「うちはこれだけ手間をかけて庭の芝をきれいにしている。ほら、この芝目がきれいだろう」、そういう自慢をするわけですよ。

沖　よくわかります。目に浮かぶようです。

枡野　ものではなくて、そういうことに心の豊かさを見出すのでしょうね。

沖　私もドイツ人にならって、家を出るとき、必ずやっていることがあります。それは、我が家がどう見えるか、外観を客観的にチェックすること。汚れているところはないか、メンテナンスが必要なところはないか、草花はきれいか、枯れていないか、そういった点を家の前を通る他人の目で確認するようにしています。

**人も家も大事なのは、自己評価ではなく、第三者の客観的な評価。外から見て、いいな、素敵だな、そう思ってもらえることが大切です。**

歩いていても、きれいなお家の前を通るのは、気持ちがいいじゃないですか。ああ、きれいだな、気持ちがいいなと、清々しい気分になるお家ってありますよね。

そういうお家は、ある意味、街の美観にも貢献しています。そうしたささやかな公共心みたいなものも大事だと思うのです。

## 庭仕事を自分でする欧米人、業者に頼む日本人

**枡野**　日本人は、たとえば家をちょっと改装するにしても、庭の手入れをするにしても、すぐ専門のプロの方を頼みますが、欧米の人たちは自分でやりますね、会社の偉い方でも誰でも。

そしてみなさん、「ここはこうやったんだよ」とわざわざ聞かせてくれる。「でも最初は失敗して雨漏りだよ」とそれはもう嬉しそうに。楽しんでやっているのがわかるんですよね。「ここまで直すのに半年もかかったんだ」と、それを物凄く誇りにも思っている。

家の改築にしろ、庭の手入れにしろ、自分で手間暇かけて、すべてを自分の好みでやるわけです。それが楽しくしょうがない。喜びなんですね。そこに心の豊かさを感じるし、だからこそプロには頼まず、自分でやるのです。

彼らは、そういう時間をとても大事にします。

**沖** オーストラリアによく行くのですが、あの国は人手がないんですね。白人主義でサービス部門の労働者が少ないですから。ニュージーランドもそうです。

そこで会社の幹部でも、ときの政権の大臣でも、夕方五時、六時になったらサッと帰って、庭仕事や大工仕事などをやるという人がけっこういます。

このためあまり広いお家を買っちゃうと、庭仕事や大工仕事などが大変になってしまいますから、自分で管理できる範囲の家しか持ちません。

枡野　人の手を借りるにしても自分が主体で作業ができる範囲の家しか持ちませんね。

沖　ですから、そもそも人の手がたくさんかかるような豪邸はないですよね。

枡野　とにかく彼らは何でもやります。そして、自分でやることを怖がらない。

沖　私もドイツでは、壁塗りを自分でやりました。でも、壁が曼荼羅《まんだら》（？）みたいになってしまったものですから、途中で諦《あきら》めて、プロの業者さんにお願いしました。

慣れないと大変です。それに体力が要るんですよ、壁塗りって。

## 専門の職人が多い日本の不幸？

枡野　ドイツは、あれだけ精密なものができる国ですから、建築でも物凄くきれいなものを造るかと思ったら、全然そんなことはないですね。

沖　確かに緻密さや繊細さには欠けるところがあるかもしれません。ドイツの製品にしても技術や機能は優れていますが、物凄く無骨なところがあります。

**枡野**　いろいろな国へ行って、多くの建築物を見ましたけれど、日本ほど緻密に繊細にきれいに造るところは、ちょっとありません。

日本には、こんなにきれいに仕上げるんですか、と驚くような尊敬できる専門技術を持った人が、作業の各工程にたくさんいます。たとえば、左官《さかん》屋さんとか、大工さんとか、経師《きょうじ》屋《や》さんとか、そういう人たちですね。ドイツはそういう専門の職人さんではなくて、何でもやるワーカーなんですよ。プロフェッショナルではないのです。

日本の場合、たとえばコンクリート工事であれば、型枠屋さん、鉄筋屋さん、コンクリートを打つ人とか、それぞれの作業工程はすべて分業で、自分の任された仕事はプロの誇りにかけて誰にも負けないぞと思って物凄く丁寧にしっかりやります。

だから、きれいなものができるのです。ドイツは、型枠やってる人が鉄筋やって、コンクリートも打つわけですから、日本のようにきれいにできるはずがないのです。

**沖**　逆に言えば、社会が、そこまで精度を求めていないとも言えますね。

**枡野**　そうです。だから、家の手入れなどは、素人がやってもそんなに変わらないってことになるのです。その点、日本ではその道のプロがあまりにもきれいにやりますから、素人の出る幕がないというか、私たちの手の及ぶ範囲ではなくなってしまうのです。

**沖**　そうなると、住まいを自分の好みや趣味に合わせて、自分で手入れをして、大事に、長く、使っていこうという発想はなかなか出てこないですよね。それができるドイツの人たちとは、自ずと住まいへの愛着の度合いも違ってきます。

優れた専門の職人さんがいるがゆえに、自分で家の手入れをする喜びや楽しみが得られないというのは、何とも皮肉な感じがします。

**枡野**　それは言えますね。

**沖**　その道のプロがやる日本と、ものづくりのマイスターがいる以外ワーカーが何でもやるドイツ。石造りと木造という建築様式の違いによるものなのでしょうか。

枡野　そうとも言えないようです。たとえば、中国も木の文化の長い歴史を持ちますが、軸組構造などを見ると、木材を接合させる「ほぞ」という突起も、「ほぞ穴」という穴も、とても粗《あら》くてびっくりします。日本では考えられないレベルです。

同じ木の文化の国ではあるのですが、日本と中国は全く違います。

沖　やっぱり日本人は繊細で丁寧なんでしょうね。

枡野　これはもうほんとうに世界に誇れることです。いまこそその強みを活かして、もっともっとものづくりの分野で世界にアピールしてほしいと思います。

## 床にはものを置かない

沖　よくドイツでは、床にものを置いてはいけない、と言います。

枡野　そうなんですか。理由はどういうことなんでしょう。

沖　床にものを置くと、健康を害して、お金が貯まらなくなるとされているんです。

つまり、①ゴミがたまり埃が増える、②空気が悪くなり病気になる、③ゴミに蹴《け》つまずいてケガをする、④治療代がかかる、だから、平気で床にものを置くようなライフスタイルの人はお金が貯まらない――。

床にものを置くと運が下がる、不幸が舞い込む、そう考えるわけです。

ですから、ドイツ人の家に行くと、ほんとうに床にものが置いてありません。ものがないと掃除もしやすい。ですから、床はとてもきれいです。

**枡野**　なるほど、そういうことですか。発想が合理的ですね。この床にものを置かないというのは、実は日本でも昔から言われていることなのです。

**沖**　日本の場合は、どういう理由ですか。

**枡野**　床はやはり足で踏むところですから、衛生面から直接ものは置かないのです。もし置くとすれば、台を使います。たとえば、三方《さんぼう》とか、八寸《はっすん》とか、茶托《ちゃたく》とか、お膳とか、そういうものですね。

**沖**　健康面での懸念とか、やっぱりちょっと共通してるんでしょうね。

**枡野**　そうかもしれませんね。

沖　いずれにしろ、掃除のプロの立場から言わせていただけば、床にものを置かないというのは、何より掃除がしやすいんです。ものを動かすということがないですから。簡素でシンプルな暮らしをするには、必ず知っておくべき重要なポイントです。

## なぜ元の場所に戻せないのか

沖　住まいをきれいに保つには、あるべき場所にあるべきものを置く、これに尽きます。

枡野　それがもう基本中の基本ですね。使ったら必ず元に戻す。

沖　ものの住所、定位置を決めるということですよね。

枡野　部屋を汚さず、ものを増やさない、大鉄則です。

沖　使ったら元に戻すというのを習慣にすると、汚れや破損など、ものの状態もわかりますし、ちょっと汚れているから拭いておこうとか、そろそろ手入れをしたほうがいいかもしれないなとか、そういう動機づけにもなります。

でも、たったこれだけのことができない人が多いのです。なぜでしょう。

**枡野**　昔の日本では、それが当たり前のこととしてなされていました。なぜかと言うと、大家族だったからです。誰か一人が、ものを占有してしまったら、他の人が使えなくなってしまいます。ですから、必ず元の場所へ戻したのです。

ところが、戦後の高度成長を通じて核家族化が進み、テレビも一人一台といったように生活そのものが個人でまわるようになってしまいました。このため家族で一つのものを共有するという経験が、どんどん少なくなってしまったのです。

**沖**　ものがどこにあるかは、自分がわかればいいと。

**枡野**　いまでも集団生活をした人、たとえば大学でも寮に入ったり、運動部で合宿を常にやってるような人たちは、使ったら元に戻せます。そうしないと他の人に迷惑をかけてしまうので、ちゃんと先輩などから指導されるのです。

でも、そういう経験のない人は、ものを使ったら元に戻すという意識が物凄く薄れていると思います。

**沖**　昭和の高度成長の頃までは、いろいろなものを家族で共有していました。いまと違ってまだものが少なかったですから。たとえば、卓袱台《ちゃぶだい》。ご飯を食べるときに出して、その周りにみんなで座って食べる。使い終わったら折り畳んでまた元の場所に戻す。

そのとき、ちょっとした手入れをするんですね。食べる前に拭いて、食べ終わったらまた拭いて。そうやって手入れをしながら大事に使っていました。

ちなみに私の家では、卓袱台はいつも壁に立てかけていました。そうやってものに住所を与えて、使ったらまたそこに戻すというのは、それ自体が、ものを大切にする機会を提供し、ものを大事にする心を育てていたのではないかと思います。

## 家族でものを共有する

**沖**　いまの世の中は、パーソナルユースで、子どもも自分の部屋があって、自分のテレビやパソコンを持っています。ハサミやボールペンのような文具なども、それぞれが持っていますから、家中探して全部集めたら、物凄い数になると思うんですね。

そういう意味では、みんなが一人一個持っているようなものは、家族みんなで共有するようにして、ものの数を減らしたらどうかと思うのです。

**枡野**　おっしゃる通りです。一人に一つという発想は、ほんとうにやめたほうがいいと思います。たとえば四人家族でそれぞれがハサミを一本ずつ持っているとすれば、それを一本に減らして家族の共有にすればいいのです。一人に一つを家族で一つにすれば、それだけでものの数は四分の一になります。

**そうやって家族で共有するものを増やせば、使ったものは必ず元に戻すようになります。ものが散らかることもなくなります。**どこか別の場所へ置くから散らかるのです。

**沖**　少し関連した話をすると、ドイツなどでは子ども部屋は必ず開いてますよね。あるいは、家族が集まるリビングのようなところを必ず通ってから子ども部屋に行くような間取りや設計になっていたりします。

**枡野**　確かに日本に比べて開放的で、家族と共有するための空間をとても大事にしているように思います。

沖　日本では子ども部屋は閉めちゃってますからね。「入ってこないで」と。

枡野　住環境がものの個人所有を加速させた面は確かにあるでしょうね。

沖　そういう意味では、**家族と共有するための空間というものを、日本でももっと大事にすべきだと思います。**そうすれば、自然とものを家族で共有することも増えて、個人で所有するものも減らせると思うのです。

枡野　大事なご指摘だと思います。

## 収納場所が足りないと嘆く前にすべきこと

沖　ものが増える大きな原因の一つは、**ものは家のスペースに合わせて持つものだという原則が、**あまりにもないがしろにされているからではないでしょうか。

枡野　それは言えますね。ほんとうは当然のことなんですけれども。

沖　そうなんです。それなのに、みなさん、平気で軽んじる。それどころか、ものに合わせてスペースを欲しがる人がとても多いのが現実です。

先生も建築関係でよくご存じだと思いますが、あるとき建築メーカーの方とお話をしていて面白いなと思ったのは、家を建てるとき、必ずお客さまから言われるのは、「収納場所をたくさん作ってほしい」という要望なんだそうですね。ところが、一年もしないうちに、たいていお客さまから言われるそうです。「収納場所が足りない」と。

**枡野**　みなさん、そうみたいです。こういう人は、収納スペースがどれだけあっても、スペースに合わせてものを持つという意識が希薄ですから、どんどんものを買ってしまって結局、ものが置けない、収納場所が足りない、と不満を持つようになるのです。

**沖**　その住宅メーカーの方に「どうしたものでしょうか」と聞かれたものですから、「家をお造りになるときに、ものは収納スペースに合わせて持ちましょうと、ちゃんとご指導されるのがいいのではないでしょうか」と申し上げました。

**枡野**　ものに合わせて収納を求めたら、キリがありませんからね。

**沖**　先ほどホテルのバイキングの話が出ましたけれど、人が食べられる量にはそれぞれ限度があるように、住まいの収納にも限度があるわけで。キャパシティ（収容能力）を考えないとどうしようもありません。

そこで、**ものを持つのは、収納スペースの六割から七割までとして**、常に三割から四割はキャパシティに余裕があるようにしましょう、と提案しています。

そのように収納に枷《かせ》をはめれば、嫌でもほんとうに必要なものやほしいものを厳選して持つようになるので、確実にものが減りますし、無駄な買い物もしなくなります。

探しもので無駄な時間を費やすこともなくなります。それから、ものが減れば、その分、空きスペースが増えて、風通しがよくなり、住まいに埃もたまりにくくなります。

一言でいえば、快適でシンプルな住空間が実現するのです。

**枡野**　収納スペースが足りないと嘆いている人は、まずものを減らすことです。

**沖**　そうです。嘆く前にやるべきことをやらないといけません。

## 掃除を通じて心の豊かさに気づく

**沖**　私は全国から掃除に関する質問をメールで受け付けているんですが、あるとき若い女性の方からこんな相談を受けました。「私は掃除が大嫌いで、家がもうゴチャゴチャでひどい状態です。どうしたら掃除が好きになれますか」

私はメールでこうお返事しました。「好きにならなくてもいいから、住まいをきれいにしましょう。それにはまずケトル（やかん）を磨くことから始めませんか。お茶を飲むときお湯を沸かしますよね。二〇分くらいはケトルが温かいですから、その間にケトルをひと拭きして下さい。余熱があるうちに拭けば、汚れは簡単に取れます。そしてそのケトル拭きを一週間でいいですから、続けてみて下さい」

一週間後、その若い女性の方からメールが届きました。「お湯を沸かすたびにケトルをひと拭きしたら、ピカピカになりました。ケトルがきれいになったら、レンジ台もきれいにしなきゃと思って、やっぱり余熱があるうちに拭くようにしました。そうしたら、レンジ台もこんなにきれいになりました。ありがとうございました」

メールには写真が添付されていて、見ると、ピカピカにきれいになったケトルやレンジ台などが写っていて、私も嬉しくなってしまいました。

**枡野**　住まいをきれいにする大事な一歩が踏み出せたわけですね。最初から全部やろうとすると嫌になってしまいますからね。

**沖**　そうなんです。それでメールをこう返しました。「あなたが使ったときにそうやってひと拭きすれば、自然に手が覚えて、いつの間にかあなたの生活空間はきれいになるんですよ。**別に掃除を好きにならなくてもいいんです**」と。

掃除の嫌いな人に、こうしなさい、ああしなさいと言ってもダメ。かえって嫌になるだけです。それより自分の生活習慣のなかで、どうやればきれいになるのか、無理なく経験してもらうことのほうがずっと大事だし、効果的です。

**枡野**　そうそう。やかんを磨いてきれいになったときの気持ちのよさ、清々しさを自分で経験することが何より大切です。

沖　そうなんです。そうすると、今度はレンジ台もきれいにしなきゃと思えるのです。

枡野　やかんがきれいになった。今度はレンジ台もきれいにしよう。そうやって一つひとつ汚れを落とすごとに心も整っていくのです。連鎖的に心が整うようになる。

沖　こんなに簡単にきれいになるなら、こっちもしよう、あっちもしよう、そうなるんですよね。そして住まいがきれいにできるようになると、ほんとうに必要なものを揃えて、それを大事に、長く使ったりもできるようになる。

枡野　心と掃除の関係を象徴する話だと思います。
　掃除を通して自然と心の豊かさにも気づくんですね。

## 片づけは次の準備と心得る

沖　不思議なもので、家事労働が全部好きという人はまずいません。たとえば、料理が好きな人は、掃除が苦手という人が多いですし、掃除が好きという人は――あまりいませんが――、意外と料理が苦手だったりします。

**枡野**　住まいの生活環境を考えた場合、いくら料理が好きでも、掃除嫌いでキッチンが汚れ放題というのは困りますね。

**沖**　そうなんです。でもこれは、ちょっとした習慣を身につけるだけでちゃんと直るのです。一番いいのは、**料理をしながら片づけていくというのを習慣にすることです**。プロの板前さんなどは、料理が終わったときに全部片づいていますよね、きれいに。

**枡野**　その都度片づけますからね。

**沖**　まさにそれです。その都度片づける。それが大事なんですね。あとで片づけるのが大変にならないようにとか、衛生面での管理上の必要であるとか、道具を大切にするとか、理由はいろいろあると思うのですが、とにかく、しょっちゅう手が動いています。

**枡野**　意外と気づいていない人が多いのですが、片づけというのは単なる後片づけや後始末ではなく、次の準備をすることなんですね。**片づけは、次の準備なのです。**

**沖**　そうなんです。次の準備なんです。

**枡野**　後片づけや後始末と思うから嫌になってしまうので、次の準備と思えばいいのです。後片づけでは後ろ向きですが、次の準備なら前向きですから。

**沖**　夕食を作って、ご飯を片づけて、洗い物をして、さあまた明日っていうときに、キッチンをちょっと振り返って、気になるところがあれば、たとえば、床の汚れを拭いたり、レンジ回りをひと拭きしたりするのです。

間違っても調理の道具類をそのままにしたりしないこと。**使ったら洗ってすぐに片づけること**。そうすれば、翌朝、起きてキッチンに立ったとき、気持ちがいいんですよ。作業もはかどりますし。

**枡野**　これは仕事でも何でも一緒ですね。片づけとは、次にやるべきことを段取りよくスムーズにできるようにするためのもの。そう心得るべきだと思います。

**沖**　会議が終わったら、テーブルを片づけ、きれいに拭いておく。そうすれば、テーブルはきれいな状態が保てますし、次の会議が気持ちよくできますものね。

使った後はきれいに手入れをする。それは次の準備であり、また、ものを大切にして、日々、丁寧に暮らすための、とても大事な作法の一つ。

**枡野**　そういうことです。**片づけはすぐにやればほんのひと手間のことです。**それを放っておくからあとで大変になる。禅では「禅即行動《ぜんそくこうどう》」で、まず動くことが大事と説きます。

あとでいいやと後回しにしないことです。

### 暮らしと住まいを整えるヒント

**いいものを買い、直しながら、大事に使う**
- 「見立て」でものの命を活かし切る、使い切る

**「いただきます」は命をいただくことへの感謝**
- 週に一度は冷蔵庫の余り物で野菜料理

**あるべきところに、あるべきように、あるべきものを**
- ひとり一つの所有はやめて、家族でものを共有する工夫を
- 使ったらすぐ片づける。片づけは次の準備と心得る

第3章　心の大掃除——。
持たずに暮らす、清々しくシンプルな生き方のために
——枡野俊明・沖 幸子対談

# 日々の移ろいが感じられるように、暮らしを丁寧に生きる

## 暮らしに自然を取り入れる

**沖**　ものはあるけれど心の豊かさが感じられない——。

そういう人は、ものを減らして、ほんとうに必要なものだけを持つようにするのが、基本的にはいいわけですが、そのためのきっかけ、入り口として、もっと自然に目を向けてみてはどうかと思うんですね。暮らしに自然を取り入れたらいいと思います。

たとえば、毎朝、駅へ向かう道すがら、ふだんは気にもとめない路傍《ろぼう》の草花に目を向けてみる。春先であれば、ハルノノゲシやオオイヌフグリ、ウシハコベ、カタバミ……、小さく可憐《かれん》な花が、雨風に耐えながら、誇らしげに咲いて

いるのに気づくはずです。

**枡野**　ぜひそうしていただきたいと思います。そのために少しだけ早起きをして、駅まで歩いてみる。駅までバスを使っているなら、停留所一つ分でもいいので、歩いてみる。すると、バスに乗っていたときには気づかなかった発見がたくさんあるはずです。

**沖**　道端にこんなに花をつける野草ってあるのか！　ってきっと驚きますよ。

**枡野**　そして、清々しく、嬉しい気持ちになるのではないでしょうか。

**沖**　ですから、いつも駅まで歩いている人も、ただ前を向いてスタスタ歩くのではなく、少し歩をゆるめて足元にも目を向けてみる。道の端の草花にも心を寄せてみる。

そうすると、家のなかでも足元に目が向くようになると思うのです。ああ、ものが多いなあ、埃がいっぱいたまっているなあ、と暮らしの足元が見られるようになる。

**枡野**　自然を感じられる生き方は、心を豊かにします。もともと日本人は、四季の移ろいに合わせて自然と寄り添うように生きてきました。人も自然の一部です。自然を感じられない生き方、自然とかけ離れた生き方をすると、心が貧しくなります。

**沖**　旅行で海外から日本へやってくる方が増えて、日本のよさを海外の方から教えられるケースが増えています。なかでも多くの外国の方が驚くのは、先端技術と伝統文化が共存していることだそうですね。

**日本の伝統文化のベースにあるのは自然との共生です。**力任せに自然を屈服させるようなものではありません。でも、海外の人たちが、素晴らしいと感じるその伝統文化は、関係者の方たちの努力でかろうじて守られているものが少なくありません。

海外の人たちに教えられるのではなく、ほんとうは私たち日本人自らが、そのよさに気づいて、もっともっと大事にしないといけないのに。

**枡野**　その意味でも、暮らしに自然を取り入れるのはとてもいいことだと思います。先生がいまおっしゃったように、日本人は昔から、衣食住すべてを、季節の移ろいに合わせて営む暮らしを当たり前のこととして生きてきたわけですから。

## 季節の営みに生活を重ねる

沖　日々の生活のなかに、もっと季節感を取り戻せばいいと思うんです。たとえば、正月七日には、七草粥《がゆ》を食べてみる。「セリ、ナズナ、ゴギョウ、ハコベラ、ホトケノザ、スズナ、スズシロ」、子どもの頃、一生懸命に覚えたものです。ナズナはペンペングサ、ゴギョウはハハコグサ、ハコベラはハコベ、スズナはカブ、スズシロは大根のことですね。

枡野　七草粥の習慣は、江戸時代に広まったようです。七草の種類は時代や土地によって異なりますが、新しい年のはじまりにあたって豊年を祈願し、「今年も家族みんなが健康でありますように」と願いながらお粥をいただく気持ちに変わりはありません。

七草粥には、正月の祝膳や祝酒で弱った胃を休めるという意味もあります。

沖　我が家では毎年いただいています。ただし、もともとは旧暦での風習ですから、いまの新暦とは一カ月ほどずれているため、旬の七草を手に入れるのは難しいんですね。

**枡野**　栽培されたものを買ってこないといけません。

**沖**　それがちょっと残念という人は、一カ月ずらして、全部は無理でも、自分でいくつか自然のものを摘《つ》んで、七草粥をいただくといいかもしれません。ナズナなどは、比較的見つけやすいですし。

**枡野**　そうやって自然の営みに私たちの暮らしを重ねてみる。素晴らしいと思います。繰り返しになりますが、**私たちも自然の一部です。人を支えるために自然があるわけではないのです。**ともに生きることを常に意識しないといけませんね。

　そして日本人であれば、春夏秋冬の移ろいのなかに暮らしのすべてが収まるようにするのが本来の姿です。

**沖**　ところが、人間はひどくものぐさですから、ともに生きるどころか、ちょっと暑くなったり、寒くなったりすると、すぐに冷房、暖房をつけてしまいます。

**枡野**　少しでも楽なように、居心地がいいように、季節の移ろいとともにあることを拒否して、そこから逃げてしまう。人は自然の摂理のなかで生かされているのに、これでは生き物としての身体の機能に何かしら不都合が起きても仕方がないと思うのです。

**沖**　夏は暑いし、冬は寒くて当然なのに。

**枡野**　それを夏でも涼しく、冬でも温かく暮らそうとする。それも必要以上に、過剰に。自然を従え、制御する感覚ですね。人間の驕《おご》りを感じます。

もちろん、いまや都市生活などにエアコンが欠かせないのは事実です。暑いからと窓を開けて寝るのは、犯罪予防の観点から言っても現実的ではありません。

しかし夏になったら、二四時間、冷房を入れっぱなしで、ひと夏一度も窓を開けることがない、というような過剰にエアコンに依存した暮らしは、やはりあまりにも自然と遊離した生活であると、言わざるを得ないのではないでしょうか。

**沖**　確かに夏の間、一日中エアコンをつけっぱなしにしている方は多いでしょうね。でも窓を開けて換気しないと、住まいの空気は必ず澱《よど》みますから、我が家ではどんな猛暑日であっても必ず窓を開けて換気する時間を作るようにしています。

**枡野**　そうすることで「今日の暑さは強烈だな」というのもわかるわけです。夏は暑いのが当たり前なのですから、それが肌で感じられる生き方をすべきです。

## 夏に涼をとる昔からの知恵

**沖**　日本の夏は蒸し暑くて大変ですが、だからこそ昔から、涼をとる知恵がいろいろありますよね。ヘチマを植えたり、打ち水をやったり。

**枡野**　朝顔を植えたりね。

**沖**　そうそう。ちょっとしたことですが、暑さのなかで心が和《なご》みますもの。

子どもの頃、私の家では、毎年、夏に備えて、父が南の窓際にヘチマ棚をこしらえました。ツタが伸びて葉っぱが生い茂ると、程よく日陰を作り、部屋が涼しかったのを覚えています。いまでいうグリーンカーテン（緑のカーテン）ですね。

実ったヘチマは、タワシにして鍋を磨いたり、お風呂で体をこするのに重宝しました。ツタを切って瓶に採ったヘチマの水は、子どもの日焼け用の化粧水として大活躍でした。

**枡野**　昔はそういうお宅がよくありました。ヘチマを上手に使い尽くしたのです。

それから、涼をとるには**打ち水**もいいと思います。パーッと撒《ま》けば、それだけで涼しく感じます。実際、温度が下がることは科学で実証されていますし。

**沖**　打ち水は、昔はお風呂の残り水を使いました。いまは水道の水が多いと思いますが、節水を考えると、先人のエコな知恵に学ばないといけませんね。

**枡野**　大事なご指摘だと思います。

**沖**　あとは**風鈴**が風にそよいでチリンチリンと涼し気に鳴るのもいいですね。

**枡野**　風情《ふぜい》があって、とても心地がいいです。別に温度が下がるわけではないけれど、あの涼しげな音色に触れるとき、私たちは、つかの間、暑さを忘れるわけです。そういう感性を日本人は持っている。これは世界に誇れるものです。

**沖**　風鈴は風が抜ける〝風の道〟に吊《つ》るすのがコツです。ただ、風が強いときは外したほうがいいですね。風鈴は、時おりチリンチリンと鳴るのがいいのであって、年がら年中鳴りっぱなしだったら、ご近所にも迷惑ですし、風情も何もあったものではありません。

**枡野**　不粋《ぶすい》の極《きわ》み。野暮《やぼ》ですね。なかには一年中吊るしたままの人もいます。

**沖**　あれは見ていて哀しくなります。

**枡野**　冬は寒々しい。

**沖**　ほんとにそうです。

**枡野**　最近はめったに見なくなりましたが、昔はよく軒下に「吊りしのぶ」をかけているお宅がありました。野生のシダ植物の忍《しのぶ》を団子状に植えつけてコケの玉のようにしたものを軒などに吊るすもので、そこにさらに風鈴をつけたりもしました。

**沖**　あれもいいですよね。涼やかな空間を演出できます。

**枡野**　昔から日本には涼をとるための知恵がいろいろあって、それらを上手に活かしながら、夏を乗り切ってきたわけです。それこそが心豊かな暮らしでしょう。一日中、冷房の効いた部屋にいたのでは、夏に涼をとる喜びや楽しみなど知る由《よし》もありません。

## 風情を楽しめない人が増えた？

**沖**　ところで、風鈴と言えば、近頃は、音がうるさいという苦情もあるようですね。

**枡野**　何年か前の夏、ずいぶん騒がれましたね。

**沖**　思うにそれは、風鈴の質の問題もあるのではないでしょうか。安い粗悪な風鈴は、音がよくないので、人によってはとても耳障《ざわ》りだと思います。ガラスの安いものなどは、それこそほんの少しの風でも鳴りますから、年がら年中、キンキンキンキンキン鳴っています。

それに比べて質のいい鉄風鈴などは、ある程度の風量がないと鳴りませんから、うるさくないですし、とても優しい音色です。私は、鉄の火箸で作った姫路の伝統工芸の火箸風鈴を愛用していますけれど、鉄が触れ合い出す音は、ほんとうに柔らかい。心が落ち着きます。

**枡野**　確かに品質の問題は、あるかもしれませんね。

**沖**　さらに言えば、風の強い夜でも風鈴を出したままにしているなどマナーの問題もあるような気がします。昔ながらの流儀を解してない不粋な人が増えたのかもしれません。

**枡野**　世の中が個人の権利を強く主張する時代になったことも影響している面もあるでしょう。先ごろ千葉県で、「子どもの声がうるさい」という近隣住民の反対のために保育園の開園を断念したというニュースが話題になりましたが、同種のものを感じます。

自分には何に対してもクレームを言う権利がある、というような意識が社会に定着しつつあります。これは非常に悲しいことだと思います。

**沖**　たとえば、アメリカなどは、その権利意識が物凄く強いですね。

**枡野**　アメリカは多民族国家ですから、誰かの常識は、どうしても誰かの非常識になりやすい。一つのモノサシ、価値観でみんなをはかるのは無理があります。

でも日本社会は、昔から築いてきた誰もが共有できるような共通のモノサシ、価値観があるわけです。風鈴と言えば、夏の風物詩で、誰もが涼を感じることができたわけです。それをわざわざ崩すことはないのではないでしょうか。

もちろん言うべきことは言ったほうがいいわけですが、何もかもアメリカと同じようにやるというのは、考えものだと思います。

**沖**　日本の伝統的な夏の風習をみんなが気持ちよく享受できるようにするには、風鈴のマナー、流儀を守ることも大事ですし、何より、どうせ風鈴を買うなら質のいいものを手に入れてほしいですね。音が鳴ればいいやと安物の風鈴を買って、ご近所と騒音トラブルになることほどつまらないことはないですから。

いいものを買って、大事に使えば、この先、何年、何十年と夏の楽しみが得られます。そのほうが断然、お得ですし、何より心が豊かになります。

**枡野**　おっしゃる通りです。

## ものを大事にする気づきの習慣

**沖**　私の子どもの頃は、学校の夏休みが終わると、母が風鈴や簾《すだれ》などを片づけたり、浴衣をきれいに洗って干したりしたものです。それを見て、ああ、夏も終わりだなと思い、なんとなく寂しい気持ちになったのをおぼえています。

**枡野**　それだけ昔は、季節の移ろいと日々の暮らしがぴたりと重なっていたのです。

**沖**　そこから、ものを手入れしながら、長く、大事に使う習慣も生まれました。

**枡野**　そうですね。たとえば、僧侶の衣は、冬は袷《あわせ》、夏は絽《ろ》もしくは紗《しゃ》、春と秋は羽二重《はぶたえ》の薄手のもので、三、四種類です。それぞれ季節が終わると、衣は必ず日の当たらない風通しのいいところにかけて陰干し（虫干し）にします。風を当て湿気を取るわけです。

陰干しが終わったら、衣の全体を見て、シミや汚れや綻《ほころ》びなどがないか調べます。別に問題がなければ、きれいに畳んで、たとう紙（畳紙）に包んで保管します。その際、防虫香《ぼうちゅうこう》というお香を入れておきます。

何か問題があれば、繕ったり、シミ抜きの業者さんに出したりします。

**沖**　陰干しのときに、あ、ここが綻びてるな、シミができてるな、と気づくんですよね。メンテナンスの機会になっている。陰干しは初夏や初秋の風物詩でした。

**枡野**　まさにそうです。ものを大事にする気づきの機会になっていたのです。

**沖**　ものを大切にしなきゃいけないよ、と自分に言い聞かせる習慣ですよね。綻びがあったら繕わないといけない、シミがあったらシミ抜きしないといけない。そういうことに気づかせる習慣。ものを大切にする習慣。季節とともに暮らすからこそですね。

**枡野**　その通りです。ところがいまの洋服は、クローゼットにかけたままでしょう。それも滅多《めった》に着ないものほどクリーニングにも出さず、奥のほうに眠っていたりします。

洋服には着物の陰干しみたいな習慣はないですよね。ですから、綻びがあったり、シミや汚れなどがあっても、なかなか気づかない。すぐに気づけばシミがとれたのに、とれなくなってしまう。その結果、ほんとうなら、処分の対象になるようなものまで、そうと気づかないまま不良在庫になっているケースも少なくないのではないでしょうか。

ものが増える一因になっているような気がします。

沖　洋服もこまめに陰干しをして、あ、ボタンがとれかかっているとか、汗ジミがついているとか、ものを大事にする気づきの習慣にすべきですね。

## 大屋根に見る古来の叡智《えいち》

沖　暮らしに自然を取り入れるという意味では、先生のご専門でもある庭であるとか、住まいとの関係は重要ですね。

枡野　これはもう一番大事なところです。昔から日本人は、そこに心の豊かさを見出してきましたから。いまの住宅は、屋根の軒のところが物凄く短いですが、もともと日本の家はそうではなくて、もっと屋根が大きく、軒が長いのです。

大屋根を架けると言うんですが、これによって夏は暑い日差しを遮《さえぎ》り、冬は暖かい日差しを家のなかまで取り込めるようになっています。そのための一番塩梅《あんばい》のいい最適な軒の長さを、日本人は試行錯誤しながら探り出したのです。

もう一つ言えば、日本の家は木造で、壁は土、障子や襖《ふすま》は紙ですから、風雨に弱いですよね。これも大屋根を架けるようになった大きな理由です。

**沖**　ヨーロッパは石の文化ですから、雨が降ろうが風が吹こうが、関係ないわけですね。

**枡野**　ええ。ですから、やみくもに屋根を大きくしたわけではなくて、日本の木の文化と気候風土に合うような最適解、ベストの答えを見出したわけです。

**沖**　古来の先人の叡智《えいち》ですね。

**枡野**　ところがいまは、コストだけ考えて短い軒にしてしまいますから、夏は悲惨です。窓に日差しがガンガン当たるので冷房があまり効かないのです。

大屋根を架ければ、軒が日差しを遮ってくれますから、冷房の効きもいいし、そんなに冷房に頼る必要もありません。涼しいですよ。全然違います。冬は冬で温かいし。

沖　冬は日差しが部屋のなかまで入ってくるわけですね。しかし、そんなに素晴らしい住宅文化があるのに、それをコストだけで捨ててしまうというのは、何ともやるせないものがありますね。

枡野　おっしゃる通りです。コストを切り詰めるために軒を短くするというのは、そろそろ見直すべき時期なのではないかと思います。

日本はもう一度、大屋根を取り戻さないといけません。

沖　お家を自分で建てたい人は、多少コストがかかっても、大屋根を架けたほうが、自然とともにある心豊かな暮らしができますよ、ということですね。

枡野　そうです。条件が許すなら、ぜひそうするといいと思います。

## 庭を楽しむための広縁《ひろえん》

枡野　住まいの関係でもう一つ言うと、昔から日本人は庭をとても大事なものと考えてきました。庭というのは、自然を象徴化したもの、あるいは抽象化したものです。

ですから、季節の移ろいを建物のなかにいても感じられる広縁《ひろえん》のような空間も非常に大切なものとして考えられてきました。

**沖**　広縁というのは、部屋に面して作られた幅の広い縁側《えんがわ》のことですね。

**枡野**　そうです。日本人は、この室内でもない、室外でもない、中間領域をとても大切で尊《とうと》いものと考え、住まいのなかで大きなスペースを与えてきました。そこに座ると庭に立っているような感覚になれます。日本の木造の住まいは、構造的に壁がなくても成立するため、庭に面した建具を開ければ、その全景をとらえることができるわけです。

日本の住まいは、建物の規模にもよりますが、だいたい座敷に正座をしたときの目の高さと、庭に下り立ったときの目の高さが同じになるようにできています。

**沖**　家のなかに座っていても庭の自然を楽しめるように、昔から日本人は知恵を絞って住まいにいろいろな工夫を施してきたわけですね。

**枡野**　そうなんです。ところがいまの住宅は、開口部（窓、出入り口、換気口など外部へ向かって開いている部分）が物凄く限定されています。このため広縁のように外の空間と一体になりにくいのです。

**沖**　四季の移り変わりが間近で感じられるように、ほんとうは、建具を全部開けたら庭と一体になれる広縁のような空間こそが大事なのに。

**枡野**　大屋根と同じで、日本の住まいには広縁も取り戻さないといけないなと思います。

**沖**　実は我が家では、**ベランダをいつもピカピカに掃除して、部屋からそのまま裸足でベランダに出られるようにしています。**ベランダにはあえて下履きを置いていません。下履きを履くことで、内と外が完全に分断される気がして、どうも好きではないのです。

**枡野**　そういう使い方をすれば、室内と外の空間との連続性が高まり、より自然と触れやすくなります。裸足で外に出るのもいいと思います。その分、自然が感じられますから。

**沖**　そうなんです。部屋の一部みたいに使えるので、部屋も広く感じられます。知り合いには、**マンションのベランダに簀《す》の子《こ》を置いて、**窓を開けると、室内と地続きになるようにベランダを有効活用している人もいます。

枡野　それはいいアイデアですね。広縁と濡れ縁の中間みたいな感じです。

沖　そうそう、ちょっとした縁側みたいな感覚です。ですから、集合住宅でも工夫次第でいくらでも暮らしに自然を取り込むことはできると思います。

枡野　ベランダを利用してプランターで花や野菜を育てる。あるいはヘチマやゴーヤなどでグリーンカーテンを設ける。室内に盆栽や観葉植物を置く――。そういったことも手軽でいいと思います。

いまの住宅には昔の広縁のような仕掛けはありませんから、自然を取り入れようと思ったら自分で工夫するしかありませんが、やりようはいくらでもあるのです。

沖　居住空間と外の空間との一体化という点で言うと、開口部はなるべくあったほうがいいわけですよね。もちろん建物の構造として何ら問題のない範囲でということですが。

枡野　静かに過ごしたいところ、プライバシーを守りたいところ、そういう空間以外はなるべく開口部は大きくとったほうがいいと思います。特に庭に面していたり、公園の緑などが見えるような、自然を感じられる居住部分は、可能な限りそうすべきです。

**沖** 住まいの開口部は、マンションを選ぶときにも大事なポイントになりますね。

**枡野** やはりベランダ、バルコニーがなるべく広くとってある物件がいいと思います。それからできれば雁行型《がんこう》のマンションを選ぶといいのではないでしょうか。

雁行型というのは、それぞれの住戸をずらして配置するタイプで、大半の住戸が角部屋に近い構造となるため、採光や通風がとてもいいのです。各住戸の独立性も高く、プライバシーも保ちやすい。

**沖** 横長の建物を縦に切って各住戸の間取りに割り当てる、俗に「羊羹型《ようかん》」と言われるマンションに比べて暮らしの質は断然高くなりますね。

**枡野** それはもう間違いありません。

**沖** 風がよく通るというのは、住まいをきれいに保つということを考えたとき、非常にポイントが高いです。

**枡野** 夏場も風が抜けるので、あまり冷房を使わずにすみます。

沖　いいことだらけなのに、あまり見ないのは、やはりコストの問題ですか。

枡野　そうです。コストを嫌い、単純な羊羹型にしたがるのです。でも、探せばあります。暮らしの質を考えるなら、少し高くても雁行型にすべきです。

沖　そうですね。住まいは一生のものですから。

## 自然に学び暮らしを簡素に整える

沖　住まいを整える、簡素でシンプルに暮らす、そういうことを考えた場合も、暮らしに自然を取り入れるのはとても大事なことですね。

枡野　一番いいのは、**理にかなった暮らしができるようになることです。**自然は無駄がありません。余分なものは一切ない。その自然に合わせて、季節の移ろいに生活を重ねるようにすれば、自ずと暮らしも整い、理にかなったものになります。

沖　自然は、すべて意味がありますね。

枡野　木や草は、太陽へ向かって枝を伸ばし、葉を向けます。

沖　生きるために陽の光を求めている。

枡野　そうです。自然界のすべての存在や営みは意味がある。意味のないものはありませんし、すべては理にかなっている。だからこそ、そこにあるわけです。

沖　雑草だって何だってそうですね。

枡野　ですから、自然界に存在するすべてのものがそうであるように、身の回りにあるものも、すべてが生活に必要な意味のあるものだけにすれば、収納スペースが足りなくなることも、掃除をするのが大変になるほど散らかることも、なくなるはずです。

沖　自分の暮らしにほんとうに必要なものだけを揃える。生活するのに意味のあるものだけに囲まれて暮らす。そういうことですね。

枡野　理にかなった暮らし、必然性のある生活をしましょう、ということです。

沖　自然を取り入れることでそれを学ぶ。そうすれば自ずと簡素でシンプルな暮らしができる。必要のない無駄なものを持つこともないわけですね。

**枡野**　そうです。季節の移ろいに暮らしを重ねるようにすれば、自分の生活はこれでいいのか、自分の生き方はこれでいいのかと、自ら思索する機会や時間をきっと自然が与えてくれます。たとえばそれまで、夏場、暑いからと、一日中、窓も開けずに冷房をかけ続ける生活だったとすれば、これって自然じゃないよな、と疑問を感じると思うのです。

それで窓を開けて、風を通してみると、案外、冷房を使わなくても、平気なことに気づく。あるいは集合住宅であれば、もっと風通しのいい住まいがいいと角部屋のマンションに住み替え、その効果を実感する。結果、冷房に過度に依存しない暮らしが実現する。

自然に学び、自問し、また教えられる。それを繰り返すことで、だんだん暮らしが整うようになるのです。そのサイクルがうまく築けるなら、自ずと簡素でシンプルな暮らしは手にできるのではないでしょうか。

**沖**　気候変動が心配される時代ではありますが、それでも冬は寒いし、夏は暑い。春夏秋冬、季節はめぐってきます。その移ろいに暮らしを合わせて生きる。そうすれば、自然がいろいろ教えてくれて、丁寧な暮らしができるようになるわけですね。

**枡野**　そうです。そうやって自然を取り入れて暮らしを丁寧に整える。そうすれば一つひとつ全部丁寧に生きられるようになります。挨拶にしても言葉にしても所作にしても、すべてが丁寧になります。人が人生をよりよく生きるには、それが最も大事なことです。

**沖**　自然に学び暮らしを丁寧に整える。それこそが豊かな人生を作るわけですね。

## 季節に身を置く最高の贅沢《ぜいたく》

**枡野**　昔の人は、季節のなかに身を置くことが最高の贅沢《ぜいたく》だと考えました。このため季節ごとに机だとか、屏風《びょうぶ》だとか、襖《ふすま》だとか、そうした調度品を全部取り替えました。

季節の変わり目が近づくと、いま使っている調度品を蔵にしまい、代わりに次の季節にふさわしい調度品を蔵から出して使ったのです。たとえば、春であれば、梅や桜の花などが描かれた屛風や掛け軸、蒔絵《まきえ》のお膳などを使うようにして、新しい季節の到来を楽しんだわけです。着物もそう。梅や桜をあしらったものを出して着ました。

**沖**　大変な作業ですが、そこに豊かさと喜びを感じていたわけですよね。

**枡野**　それが日本人の価値観であり、美意識なのです。

**沖**　ただし、それをやるには、季節ごとに調度品がフルセットで必要になるので、いまの時代ではちょっと無理ですね。ものが増えて仕方がない。それこそ大きな蔵が必要です。

　では、どうするかと言ったら、**一部だけ季節ごとに替えればいいんです**。たとえば、春の気配を感じるようになったら、小皿だけでも梅の絵柄が入ったものにする。秋の足音が聞こえて来たら、紅葉《もみじ》のついた小皿を出してくる。それだけで食卓に季節感が出ます。

**枡野**　夏になったら、切子《きりこ》のグラスやお皿を使ってみるとかですね。

**沖**　食卓がとても涼やかになります。たとえば、切子のお皿に冷製パスタを盛り付け、バジルの葉を一枚添えてみる。夏バテしたときのあっさりメニューによさそうです。

バジルとかパセリとかルッコラなどはベランダに置いたプランターでも栽培できます。それをちょっと摘んできて料理に添える。プランター野菜は、暮らしに自然を取り入れるのにもってこいだし、一石二鳥です。

**枡野**　素晴らしいと思います。冬はほっこりと気持ちが温かくなるような厚物の深い器を出して、あつあつの煮物に使ったりするのもいいでしょう。

**沖**　暮らしのなかに何か一つでいいですから、春はこれ、夏はこれと、季節感を出すようにすればいいんですよね。そうやって季節に応じて暮らしにメリハリをつける。

**枡野**　そうそう、それが大事です。

## 鉄瓶で沸かしたお湯でお茶を飲む

**枡野**　禅に「喫茶《きっさ》喫飯《きっぱん》」という言葉があります。お茶を飲むときはお茶を飲むことに、ご飯を食べるときはご飯を食べることに心を注ぎなさい、という意味です。

禅の思想には「〇〇しながら」という考え方がありません。常にいまこの瞬間の目の前のことに心を集める、気持ちを集中する。それこそが大事であると教えます。

**沖**　それは目の前の一杯のお茶、一皿の食事を丁寧に味わうことでもありますね。

**枡野**　その通りです。そのためにたとえば、一杯のお茶をいただくのに鉄瓶で沸かしたお湯を使う。普通のやかんで沸かしたお湯とは、全然味が違います。

**沖**　それはもう全く違います。

**枡野**　井戸水を使えば、もっと美味しくなります。

**沖**　炭火ならなおいいです。

**枡野**　鉄瓶でお湯を沸かすとき、味が一番まろやかなのは薪《まき》で、次が炭ですね。お風呂だって薪で沸かしたら、ほんとうにお湯がマイルドです。

**沖**　一番は薪ですか。でも、これはいまの一般の方の住宅事情ではちょっと……。

**枡野**　そうですね。

**沖**　私は火鉢で炭を熾《おこ》しています。三年ほど前になりますが、会社のスタッフの家に使わなくなった火鉢があるというので、譲ってもらい、これに合う鉄瓶を買いました。

炭火にかけた鉄瓶で沸かしたお湯は、緑茶はもちろん、コーヒーや紅茶の味も引き立てます。ほんとうに美味しいです。ガスレンジにかけた普通のやかんで沸かしたお湯とはまるで味が違います。

**枡野**　鉄瓶で沸かしたお湯を日頃から飲みつけると、普通のやかんで沸かしたお湯は、舌を刺すような感じがします。もっとひどいのは、電子レンジでピッとやって沸かしたお湯で、これはもう刺激がほんとうに強い。味もしません。

**沖**　鉄瓶のお湯は、マイルドさが違いますね。

**枡野**　それは鉄瓶から少しずつ鉄分が染み出るのと、その鉄分が水道水に含まれる塩素を除去してくれるからです。お湯がまろやかになり美味しくなるのはそのためです。

それはそうと、炭を熾すのは慣れないと大変でしょう。

沖　そうなんです。でも、その手間がいいんですよ。火鉢は玄関に置いてあるんですが、お客さまがあるときなどは必ずそこで沸かしたお湯でお茶を入れてお出しします。それから炭は、竹のかごに入れて部屋の隅に置き、インテリア兼消臭剤としても使っています。

枡野　最高のおもてなしですね。

沖　みなさん、喜んで下さいます。とにかく炭を熾してお湯が沸くまでの時間がいいんです。何とも言えない手作りの時間感覚とでも言うんでしょうか、心が落ち着くんですね。

枡野　手をかけてお湯を沸かすことに集中するので、だんだん心が整っていくのです。その過程、プロセスが心地いいし、尊いわけです。ガスレンジにやかんをかけてスイッチをポンというのとはわけが違いますから。

何でもそうですが、人はお仕着せのもの、お膳立てされたものには、有り難味を感じません。どうしても扱いが雑になります。お茶一つとってもそう。スイッチ一つで沸いたお湯と、手間暇かけて炭を熾して沸かしたお湯。どちらのお湯で入れたお茶を心からじっくり味わって飲むかと言ったら、誰でも答えは一緒でしょう。

**沖** そうなんです。だから面倒でもまた炭を熾したくなるのです。

**枡野** それこそまさに丁寧な暮らしです。

**沖** ただ、やっぱり手間がかかるので、火鉢に鉄瓶をかけるのは、お客様があるときとか、週末の時間のあるときとか、ちょっと心が疲れたときとか、そういうときですね。

**枡野** それでいいと思います。ストレスがたまったときや、忙しくて心を亡くしそうになったときなどに、ゆっくり炭を熾して、心をリセットすればいいのです。

その意味では、お勤めの方こそ、火鉢と鉄瓶を手に入れて、週末になったら、炭火で沸かしたお湯で一杯のお茶をじっくり味わってみてはどうでしょう。きっと平日の疲れが癒《いや》されます。

**沖** それには部屋も快適に片づいていないといけませんね。せっかく丁寧にお茶を入れても、ごみだらけの部屋では心が落ち着くはずもありません。すべてが台無しです。

## 「カビ持ち」になる人、ならない人

沖　テレビ番組（TBS『中居正広の金曜日のスマたちへ』「突撃！隣のガンコ汚れ」）を持っていたとき、あるお家にお邪魔しました。三歳と五歳のお子さんがいるお宅です。

驚きました。散らかり放題の部屋もさることながら、トイレとお風呂がカビだらけ。失礼ながら、よくこれで生活しているなと思いました。しかも子どもたちがギャンギャンギャンギャン、ワーワーワーワー、火がついたように泣くのです。参りました。

とにかくガンコな汚れをきれいにするのが番組の趣旨ですから、こうしましょう、ああして下さいと、奥さまと一緒に部屋を片づけ、トイレとお風呂のカビもきれいにとって、それはもうピカピカにしたわけです。見違えるようにというのは、こういうときに言う言葉だなと、自分でも感動するほどに、ほんとうにきれいに掃除ができたのです。

すると、それまでギャーギャー泣いていた子どもたちがぴたりと泣き止みました。

**枡野**　それはまた興味深いお話ですね。

**沖**　そうなんです。それで泣き止んだ子どもたちが奥さまに一言こう言いました。「ママ、今日はきれいなお風呂に入れるね、嬉しい」って。

**枡野**　ああ、そうですか。その子どもたちは、きっと嫌だったんでしょうね。部屋が散らかり放題で、トイレやお風呂もカビだらけで汚いのが。

**沖**　それはやっぱり人間の本能でしょうか。

**枡野**　そうでしょう。不快だったんですよ、生理的に。

**沖**　人は埃だらけ、ゴミだらけの部屋に住んでいると、気持ちが落ち着かなくなったり、イライラしたりしがちですが、なるほど、体にも心にも悪影響があるんだなと、このケースで確信しました。だって、きれいにしたら、ぴたりと泣き止むんですから。

そのとき思いました。子どもを育てるには、まず家をきれいにしないといけない。何も家中、ピカピカでなくてもいいから、せめて水回りのトイレとお風呂とキッチン、この三カ所だけはいつもピカピカでないと絶対にダメだと。

枡野　昔から「環境は人を育てる」と言いますからね。
沖　まさにそういうことですよね。それを身をもって体験しました。
枡野　水回りはカビますからね。
沖　いい子育てをするには、やっぱり水回りだけは、きれいにしないといけません。
枡野　逆に言うと、家を造るとき、トイレ、お風呂、キッチン、この三つを大事に考えて心を尽くした丁寧なデザインにすると、暮らしのすべてが豊かになります。
沖　そうなんですか。
枡野　水回りは、別に狭くてもいいとか、採光なんて要らないとか、ないがしろにされやすい場所です。だからこそ、気配りのある造りにすれば、生活はがらりと変わります。
たとえばトイレなら、少しでいいですから空間に余裕をもたせ、花でも飾れるように飾り棚を付ける。お風呂は、可能であれば、地窓《じまど》（床面に接した位置にある窓）をつけて外が見えるようにする。もちろん外から見えないように外部からの視線はきちんとコントロールします。それだけのことで全く心持ちは変わります。

たとえ同じ空間の広さであっても、そうした配慮があるかどうかで、日々の暮らしはまるで違ったものになります。いくらでもやりようはあるのです。

**沖**　水回りは、やっぱり暮らしの中心ですからね。

**枡野**　そうです。毎日使う、一番大事なところです。

**沖**　カビといえば、同じマンションの同じ間取りでもカビだらけになる人とならない人がいます。その違いは何かと言ったら、これはもうはっきりしています。暮らし方です。

カビだらけになる「カビ持ち」の人は、たとえば、洗濯物を積み上げて、そのまま何日も平気でほったらかしにします。一方、「カビ持ち」にならない人は、窓を開けてよく換気をするとか、換気扇をこまめに回して湿気を逃がすように心がけるとか、手間を惜しまず、ちょっとした努力や工夫をしているものです。

**枡野**　押し入れなども、たとえば、簀の子を使って空気が流れるようにしてあげるだけで全然違いますからね。簀の子は布団などの下に置くだけでなく、奥の壁面にも置くようにします。そうすることで、うまい具合に空気の流れができて湿気を逃がしてくれます。

沖　日本人は昔からすごいですよね。簀の子もそうだし、柳行李《やなぎごうり》もそう。

枡野　湿気が多い国ですから、膨大な経験値があって、こうすればカビませんよ、というのをいまの私たちに教えてくれているのです。簀の子などはその最たるものです。

沖　先人の知恵は大事にしないといけません。もったいないです。

## 己に箍《たが》をはめる

沖　よく会社のスタッフに、「悩んだらトイレを磨きなさい」と言います。「一心不乱に磨けば、トイレもきれいになるし、あなたの心もさっぱりとさわやかになるわよ」

枡野　それはいいことですね。

**沖**　トイレ掃除をしたスタッフは、みんな言います。「気持ちがすっきりしました」

**枡野**　人は、きれいな空間に身を置くと、背筋もピンと伸びます。心が整い、もやもやした心の迷いも取れて、きりっとするからです。気持ちも背筋もしゃきっと伸びる。

　すると所作、立ち居振る舞いも整うようになります。お辞儀にしても、挨拶にしても、きちんと丁寧にできるようになる。ところが、自分が身を置いている場所が、汚れたり、散らかってきたりすると、所作、身のこなしも崩れてきます。

　心の乱れが生活環境の乱れとなり、日々の所作の乱れを招くのです。

**沖**　だからこそ、身の回りを整え、自分の生活を律する必要があるわけですね。

**枡野**　そういうことです。

**沖**　先生のようなご職業で、しかも大変な有名人でらっしゃるので、外出するときなどは大変ではないですか。それこそ、いつどこで誰が見ているかわかりませんから、所作、立ち居振る舞いなどは、やはりかなり意識されるのではないでしょうか。

たとえば、いつも意識して背筋をピンと伸ばしているとか。

**枡野**　そういう意識がないわけではないのですが、別に無理して姿勢をよくしているわけではないのです。僧侶は「行住坐臥《ぎょうじゅうざが》」といって、日々、所作を整えるのが修行で、これをずっとやっていますと、背筋をピンと伸ばしているほうが、楽だし、気持ちがいいのです。

姿勢を崩してしまうと、逆に気持ちがよくない。不快で、疲れてしまいます。

**沖**　それはどういうことですか。

**枡野**　一度、体が正しい姿勢を覚えると、背中を丸めたりして変な姿勢をとると、骨や内臓があるべき場所にうまく収まらず、圧迫したりするので、体に無理が生じるのです。

人も自然の一部で、**あるべき場所にあるべきものがあるべきようにないと具合がよくないのです。**季節が春、夏、秋、冬とめぐるのと一緒です。

**沖**　なるほど、そういうことなんですね。

**枡野**　ですから背中を丸めたような悪い姿勢になると、内臓が圧迫されて不快なのです。逆に背筋をしゃんと伸ばしていると気持ちがいい。体がそれを覚えると、姿勢が崩れた途端、「あ、いけない」と思って、体が自然に反応して直してしまうのです。

意識しなくても自然に所作が整えられるようにするのが、禅の修行なのです。

**沖**　世の奥さま方もそうだと思いますが、家に一人でいたりすると、ついだらけた姿勢になりがちです。お恥ずかしい話ですが。それを防ぐには、やはり、わが身を外から見るような、自分で自分をチェックする目が必要になりますね。

**枡野**　そうですね。私はそれを「己に箍《たが》をはめる」と呼んでいます。

**沖**　枠をはめて、それからはみ出ないようにする。自分を律する、ということですね。

**枡野**　それがとても大事だと思います。わが身を律した規則正しい生活をしていると、自然と心も整ってきます。所作を整えれば、心も整うのです。

## 「追われる生き方」から自分と向き合う生き方に

沖　心が寂しい人が増えたのでしょうか。インターネットの通信販売やテレビショッピングの隆盛などを見ると、それをものの豊かさで埋めようとしているように見えます。

枡野　そうですね。情報に急《せ》かされ、ものに急かされ、仕事のノルマに急かされ、いつも何かに追いかけられているように見えます。政治や経済もそうですね。後方から隣国などの猛追を受けている。この国の社会全体が「追われる生き方」になっているのです。

そこでちょっと立ち止まって、自分自身を心静かに見つめる時間が持てればいいのですが、そうではない。ただ急かされ、追い立てられるように生きているのが実情でしょう。

沖　ストレスに常にさらされているので、いつも心が落ち着かない、追われているような気がする。それに耐え切れなくなると、心のバランスが崩れてしまうのかもしれません。

**枡野**　そういうことでしょうね。うつ病などを患《わずら》う方は非常に多いですし、自殺者も長く三万人を超えていました。自殺未遂はその一〇倍と言います。驚くべき数字です。その背景には、私たちの社会が抱える「追われる生き方」という病理があるように思います。

だからこそ、心静かに己を見つめる時間が必要なのに、いまは世の中がまるで逆行していて、一人でいても、やれツイッターだ、フェイスブックだ、ラインだといって誰かと必死でつながろうとする。それがまた急かされる大きな原因になっているのに。

**沖**　それは言えますね。誰かと常につながっていないと不安でしょうがない。まさに「追われる生き方」です。

**枡野**　ラインなどで交流している人がたくさんいる人は、友だちが多いと思っているかもしれませんが、自分が困ったときに相談できる人は、そこにはほとんどいないでしょう。

インターネット上の一〇〇人の仲間より、苦境に陥ったとき、絶望の淵《ふち》に立たされたとき、一緒に悩み、励まし、心からの支援をしてくれる、たった一人の親友のほうが、ずっと大事なのは言うまでもないでしょう。ほんとうに必要なのはそういう友だちです。

**沖**　やはり「追われる生き方」はやめないといけませんね。それには一人になって、自分自身を見つめ直す時間が必要です。

**枡野**　そこでみなさんにお勧めしたいのが、早寝早起きで、朝の時間を少し余分にこしらえて、「掃除」と「坐禅」と「散歩」をすることです。

**沖**　たとえば三〇分早く寝て、その分、早く起きる。

**枡野**　それくらいなら、その気にさえなれば、何とかなるでしょう。

起きたら、窓を開けて新鮮な空気を入れる。五分でいいから、今日はここ、明日はここと、自分で決めた場所を掃除する。そうしたら坐禅を一〇分組む。静かに坐り、丹田《たんでん》で呼吸をする。それから食事をして、身支度を整えたら、駅まで歩く。バスを使う人は停留所一つ分でいいから歩く。そのとき自然に目を向ける。道端の草花に心を寄せる——。

第３章　心の大掃除――。
持たずに暮らす、清々しくシンプルな生き方のために
――枡野俊明・沖 幸子対談

これを日課にすることです。「追われる生き方」からきっと解放されるはずです。

**沖**　坐禅は自己流でやるのではなく、やはり、ちゃんとお寺さんで体験会などに参加して、基本的なことを教えていただいたほうがいいですね。

**枡野**　そうですね。坐禅には姿勢であるとか呼吸の仕方であるとか、基本的な作法がありますので、そうした機会を持ったほうがいいと思います。

たとえば、禅には「調身《ちょうしん》、調息《ちょうそく》、調心《ちょうしん》」という言葉があります。身（姿勢）が整えば息（呼吸）が整い、息が整えば心が整うという意味で、これが坐禅の基本です。

姿勢と呼吸は坐禅の核心です。

**沖**　坐禅をするには、住まいをきれいに掃除して、部屋のなかに自分と向き合えるような清浄な空間を作っておく必要がありますね。散らかっていたら、心も静まりません。

**枡野**　おっしゃる通りです。自分が一番清らかな気持ちになれる空間を用意して、心静かに自分と向き合える時間を持つといいと思います。

沖　それには結局、きれいに片づいた部屋で、ほんとうに必要なものだけに囲まれて暮らす、簡素でシンプルな生活を実現しないといけないということですね。

枡野　そういうことです。

暮らしを丁寧に生きるヒント

**昔からの「暮らしの知恵」を取り入れる**

- 涼をとる——打ち水、風鈴、吊りしのぶ
- 外と一体化する住まい——大屋根、広縁、集合住宅でもベランダの工夫で
- ものの手入れ——陰干し

**調度品の一部を替えるだけでも、季節を感じる暮らしができる**

**「追われる生き方」からの解放を**

- 所作を整えれば、心も整う。早寝早起きで「掃除」「坐禅」「散歩」を

# あとがき

この数年の科学技術の進歩は、「秒進分歩」のような忙しい時を刻んでいます。スマホもパソコンも買った瞬間から古くなるほどで、新しい機種やそれを操《あやつ》る未知の言葉が登場するたびに、「それは、どういうこと?」と、理解し、追いつこうとするだけで身も心も疲れてしまうことがあります。

世の中が進歩し、生活が便利になるのは、ほんとうに素晴らしいこと。ただ、その便利さに甘えすぎてもいけない。暑いからと、一日中、エアコンをつけっぱなしにするような、過度に便利な道具や家電機器に依存した自然とかけ離れた暮らし方は、本来人間の持つ自然力を遠ざけ、肉体的にも精神的にも健康的とは言えません。

大事なことは、技術の進歩を享受しつつも、それに甘え頼りすぎないこと。日々の暮らしに四季折々の自然を取り入れ、ときには時間をかけ、丁寧でゆったりした暮らしに関心を持ち、少しでも取り入れる努力や工夫をしてみるのです。

たとえば、どんなに寒い朝でも、窓を開け、新鮮な空気を部屋に入れる。うだるような猛暑でも、ときどきエアコンを停《と》め、窓を開けて、空気を入れ替える。

掃除をするときは、窓を開け、部屋中に風を通しながらたまった汚れや埃《ほこり》を外へ出す。いつも部屋に風が通る家は、汚れも埃もたまりにくく清潔で快適です。

少し早起きして、路辺の野の花を愛《め》でながら、家の近所を歩いてみる。

正月七日の七草粥《ななくさがゆ》や冬至の柚子《ゆず》湯など、季節の変化を旬の食材で味わったり、昔ながらの行事や習慣を取り入れ、機械化され単調な日々の暮らしに彩《いろど》りを添えてみる。

暮らしのなかのちょっとした工夫や手間が、心や身体にゆったりと自然に向き合う時間を作り出してくれます。これは自然を大切にする禅の心にも通じること。今回の枡野俊明先生との対談を通じて、ものだけでは決して得られないほんとうの〝豊かな暮らし〟は、そういう時間の積み重ねから生まれるのだと確信しました。

まわりのすべての人々に心から感謝を。

平成二十八年六月吉日

沖《おき》 幸子《さちこ》

切りとり線

## ★読者のみなさまにお願い

この本をお読みになって、どんな感想をお持ちでしょうか。祥伝社のホームページから書評をお送りいただけたら、ありがたく存じます。今後の企画の参考にさせていただきます。また、次ページの原稿用紙を切り取り、左記編集部まで郵送していただいても結構です。

お寄せいただいた「100字書評」は、ご了解のうえ新聞・雑誌などを通じて紹介させていただくこともあります。採用の場合は、特製図書カードを差しあげます。

なお、ご記入いただいたお名前、ご住所、ご連絡先等は、書評紹介の事前了解、謝礼のお届け以外の目的で利用することはありません。また、それらの情報を6カ月を超えて保管することもありません。

〒101―8701（お手紙は郵便番号だけで届きます）
祥伝社　書籍出版部　編集長　萩原貞臣
電話03（3265）1084
祥伝社ブックレビュー　http://www.shodensha.co.jp/bookreview/

◎本書の購買動機

| | | | | | |
|---|---|---|---|---|---|
| ＿＿＿＿新聞の広告を見て | ＿＿＿＿誌の広告を見て | ＿＿＿＿新聞の書評を見て | ＿＿＿＿誌の書評を見て | 書店で見かけて | 知人のすすめで |

◎今後、新刊情報等のメール配信を　　希望する　・　しない
（配信を希望される方は下欄にアドレスをご記入ください）

@

１００字書評

禅と掃除

住所

なまえ

年齢

職業

禅《ぜん》と掃除《そうじ》

平成28年8月10日　初版第1刷発行

著　者　枡野俊明《ますのしゆんみよう》・沖幸子《おきさちこ》

発行者　辻　浩明

発行所　祥《しよう》伝《でん》社《しや》

〒101-8701
東京都千代田区神田神保町3-3
☎03(3265)2081(販売部)
☎03(3265)1084(編集部)
☎03(3265)3622(業務部)

印　刷　堀内印刷

製　本　関川製本

ISBN978-4-396-61570-3 C0091　Printed in Japan

祥伝社のホームページ・http://www.shodensha.co.jp/

## 祥伝社のベストセラー

### 疲れない体をつくる「和」の身体作法
能に学ぶ深層筋エクササイズ

能楽師は、なぜ八十歳でも現役でいられるのか？「能」の働きは脳と体に効く！
林望さん推薦！「私自身もこの方法で快適な体を取り戻した」

安田 登

### これを食べれば医者はいらない
――日本人のための食養生活

からだにいい食べ方、病気になる食事。
本当に正しい食事を、病院では教えてくれません

若杉友子

### 決定版 体が蘇る3分間呼吸法

ストレス、不眠、肩こり、便秘、成人病……。身近な悩み36症状に効く！
投資0円、いつでもどこでもすぐできる「病気にならない体」をつくる方法

帯津良一

## 祥伝社のベストセラー

### 50歳からラクになる人生の断捨離
――「新しい自分」と生きるために

なぜ、「いい人」ほど溜め込んでしまうのか？
重たい荷物を下ろして、ごきげんな「自分のための人生」を始めよう！

やましたひでこ

### 「怒らない体」のつくり方
――自律神経を整えるイライラ解消プログラム

イライラした瞬間、血液はドロドロ。体はこんなに傷ついていた！
不調の原因「怒り」をコントロールする画期的方法

小林弘幸

### だし生活、はじめました。

簡単なのに、いいことだらけ。やらないのはもったいない！
おいしい。太らない。減塩。面倒じゃない。毎日の生活がガラリと変わる

梅津有希子